Bibliografische Information der Deutschen Nationalbibliothek
Die Deutsche Nationalbibliothek verzeichnet diese Publikation
in der Deutschen Nationalbibliografie, detallierte bibliografische Daten sind im Internet über http//dnb.dnb.de abrufbar

© 2016 Ewald Eden

ISBN Nr.: 9 7837 4311 4258

Herstellung und Verlag
BoD – Books on Demand, Norderstedt

(Un)faire Lösungen

eine kriminalistisch angehauchte
Erzählung

BoD
Norderstedt

...(un)faire Lösungen !

Corinna blinzelt mit müden Augen zum Wecker auf der Konsole. Sie weiß nicht, zum wievielten mal ihr Blick die grünlich leuchtenden Zeiger sucht.
Bei jedem Hinschauen sind immer erst ein paar Minuten durch die Zeit gelaufen.
Die Müdigkeit klebt unter ihren Lidern. Bei jedem Augenschlag reibt sie über ihre Augäpfel wie feiner Sand.
Die Schafe, die sie in den Stunden des Wachseins gezählt hat, machen schon eine ganze Herde aus. Trotzdem kann ihr Denken nicht in das gnädige Dunkel des Schlummers eintauchen. Hinter jedem Schaf, das sie zählt, sieht sie Werners Gesicht - als könne sie ohne ihn nicht einschlafen.
Sie kann offenbar ohne ihn nicht einschlafen - das merkt sie seit einhundert Tagen. Soviel Striche sind in dicker, roter Breite auf dem riesigen Kalender an der Wand in der Küche zu sehen. Morgen macht sie Strich einhunderteins - übermorgen Strich einhundertzwei - wieviel Striche kommen wohl noch hinzu?
Sie weiß es nicht, und niemand kann es ihr sagen. Sie weiß auch nicht, wie viele Tränen sie in den ersten Wochen vergossen hat - sie weiß nur, daß sie nicht mehr weinen kann.

Ihr dritter Hochzeitstag vor einhundert Tagen. Bei Riemenschneider, dem gemütlichen Weinlokal in Niederkassel, war der Tisch bestellt. Gemeinsam mit ihren Eltern wollten sie an diesem Abend ihr Glück feiern. Der Kellner hatte ihnen gerade ihre Stühle zurechtgerückt, als Werner erregt ausrief:
"Oh verflixt - ich hab die Bilder vergessen. Ich saus' schnell ins Büro und hole sie."
Das waren die letzten Worte, die sie von Werner gehört hat.
Die Bilder. Immer wieder diese Bilder, die sie noch nicht einmal zu sehen bekommen hatte.
Dass die Bilder purer Sprengstoff waren - das hat sie erst später von jemandem erfahren, der ihrem Mann auf seinen gefährlichen Touren häufiger Begleiter war.
Werner brachte die Aufnahmen von seiner letzten Reise in die ehemalige Sowjetunion mit. Es hatte ihn mal wieder mitten ins Zentrum der Kämpfe um Tschetschenien gezogen.
Weltverbesserer lief ihm als Ruf voraus und hinterher. Selber sah er das gar nicht so. Er wußte, daß er die Welt nicht besser machen konnte. Bloß etwas menschlicher sollten die Zweibeiner miteinander umgehen. Das war sein immer wiederkehrendes Argument als Triebfeder seines Handelns.
Heißer als ein Plutoniumkern sollten die Aufnahmen sein, hieß es. Er wollte sie an diesem Abend vertrauten Freunden in sichere Obhut übergeben. Weniger vertraute Freunde hatten es wohl zu verhindern gewusst.

Dem Pförtner von gegenüber waren zwei unauffällig, auffällige Limousinen auf dem Parkplatz des großen Bürogebäudes seltsam erschienen. Aber erst im Nachhinein.
Zwei großkalibrige Autos, mit Werners bejahrtem Käfer in der Mitte - so waren sie vom Gelände gefahren. Des verrückten Journalisten **Hörby** war Legende. Das Vehikel kannte jeder in der Stadt, der etwas mit bedrucktem Papier zu tun hatte.
Natürlich hatte der Türsteher auf der anderen Strassenseite keine Kennzeichen erkannt. Welcher hochbetagte, schlecht bezahlte Aushilfswachmann interessiert sich schon für die Nummernschilder ausländischer Fahrzeuge die sich auf Nachbargrundstücken befinden. So hatte er es dem Kommissar gegenüber ausgedrückt.
Ausländische Fahrzeuge. Soviel hatte er aber doch gesehen. Es handelte sich um schwarze Karossen – mit einem **CD** Schild am Heck.
„Na also - doch gar nicht so schlecht für einen 75 jährigen Portier" - hatte der Kommissar gemeint. Bei der Titulierung als Portier wurde sogar der gebeugte Rücken des Alten wieder gerade.
Weitere Erkenntnisse brachte die Information, über die den Käfer begleitenden Fahrzeuge, den ermittelnden Beamten aber nicht. Werner blieb wie vom Erdboden verschwunden.

Ein Kollege aus der Sportredaktion des Verlages hatte sogar den Spruch losgelassen:

„Solange man den guten Werner nicht kalt und steif im Rhein treibend findet, besteht noch die Hoffnung, daß er warm wieder auftaucht."
Witzig sollte die Bemerkung wohl sein - sie war aber für Corinna eher ein Tritt ins Leben.

In den kurzen Spannen Zeit, in denen ihr Denken in den Schlaf rutscht, tauchen Bilder von großen, leeren Räumen vor ihrem Traumgesicht auf. Große leere Räume mit Werners hellem Gesicht in der Mitte, ohne Körper. Sie sieht nur zwei vertraute Hände, die sich ihr entgegenstrecken.
Wenn sie nach den Händen greifen will, wacht sie auf - schweißgebadet mit glühender Stirn.
Pollo blinzelt sie dann unter halben Lidern hervor an. Pollo ist ihr grauer Terrier, oder besser gesagt Werners grauer Terrier. Er ist das Wesen mit den älteren Rechten. Er lebt bereits im zehnten Jahr an der Seite ihres Mannes. Seit einhundert Nächten ist nun schon sein Platz das Fußende von Werners leerem Bett. Wenn alles um sie herum still ist, dann hört sie manchmal wie Pollo mit ihr weint.

Gestern Morgen war der freundliche Kommissar Hufschmidt wieder da. Zwei wortkarge, verschlossen dreinblickende Gestalten flankierten ihn. Drei geschlagene Stunden hockten sie vor Werners Computer. Jedes Stückchen Papier in seinem Arbeitszimmer wurde

akribisch hin und her gedreht - auf der Suche nach dem großen Geheimnis. Es blieb alles ohne Ergebnis.
Als sie das Haus wieder verließen, war die Finsternis in den Gesichtern der Männer einem Ausdruck ziemlicher Ratlosigkeit gewichen.
Der Kommissar richtete dazu noch zum hundertsten Mal Fragen an sie – Fragen, die sie ihm schon neunundneunzigmal mal beantwortet hatte.
Werners alter Käfer wurde in der Nacht zuvor gefunden - an der Bundesstraße, rauf ins Bergische - nach Wülfrath zu. In einer seit Jahren stillgelegten Kalkgrube. Zufällig, weil ein Spaziergänger seinen Hund suchte der ihm fortgelaufen war.
Das Innere des Wagens war leer, und außerdem sachkundig in Einzelteile zerlegt. Auch nicht der kleinste Hohlraum war unbeachtet geblieben. Jemand hatte gründlich gesucht - bloß warum? Und nach was?
Wenn sie die Bilder doch besaßen, um die es ihnen augenscheinlich ging.

Da mußte etwas sein, das gewissen Leuten Bauchschmerzen verursachte. Dieses Etwas wurde Corinna am nächsten Tag offenbar. Durch einen Anruf in der Mittagszeit. Er kam von der anderen Rheinseite, aus Dormagen – dem Städtchen, das Leverkusen gegenüber liegt. Das, über das Rheinwasser leuchtende, blaue **Bayer-Kreuz** beherrschte auch hier noch das Stadtbild. Sinnbild von Motor und Lebensader der beiden Industriestädte.

Der Anruf kam aus einem Fotostudio. Das junge Mädchen am anderen Ende des Drahtes verlangte nach Werner. Sie wollte wissen, wann er die letzten Negative abholen käme. Sollte er die Filmrollen nicht mehr benötigen, würde man sie auch gerne für ihn vernichten. Das sei in der Vergangenheit schon häufiger der Fall gewesen.
Corinna konnte sich keinen Reim darauf machen. Werner ließ seine Filme doch stets im Verlagslabor entwickeln - oder tat es in kritischen Fällen selber. Zuhause. In seiner Dunkelkammer, die er sich im Keller eingerichtet hatte.
Nachdem Corinna der jungen Frau erklärt hatte, daß sie die Filmrollen abholen würde, da ihr Mann momentan dazu nicht in der Lage sei, notierte sie sich die Adresse des Geschäftes.
Was sollte sie tun? Ratlos wanderte sie fast eine Stunde im Garten hin und her. Dann stand ihr Entschluss fest.
Auf keinen Fall wollte sie sich alleine auf den Weg rheinaufwärts machen.
Sie rief im Präsidium am Jürgensplatz an. Kommissar Hufschmidt war nicht im Hause. Man würde ihn aufstöbern. Sie sollte auf seinen Rückruf warten.
„Und verlassen Sie unter keinen Umständen das Haus"
- schärfte die Stimme aus dem Präsidium ihr noch ein.
Drei Atemzüge später meldete Kommissar Hufschmidt sich schon. Er sagte nur knapp - mit einem besorgten Unterton in der Stimme:

"Ich bin bereits unterwegs zu Ihnen. Gehen Sie in bis dahin nicht vor die Tür – und stellen Sie sich nicht ans Fenster Fenster."
Beruhigend wirkte dieser Satz nicht auf sie. Besonders der Tonfall, in dem er gesagt wurde, ließ sie frösteln.
Corinna meinte, tausend Augen würden sie aus allen Ecken heraus beobachten - obwohl sich ums Haus herum sichtbar nichts verändert hatte.
Da - hatte sich nicht der Strauch am Rande der Terrasse bewegt? Natürlich hat er sich bewegt, schalt sie sich selber eine Närrin. Nur weil du eine unbändige Angst hast, hört doch der Wind nicht auf zu wehen.
Jeder Pfeifton in den Fensterritzen, jedes knackende Geräusch im Hause ließ sie erschrocken zusammenfahren.

Die halbe Stunde Tag - bis sie Kommissar Hufschmidt den Gartenweg heraufkommen sah - diese dreißig Minuten Gegenwart waren ihr wie ein Jahrhundert im Fegefeuer erschienen.
Seltsam, in des Kommissars Nähe waren die teuflischen Flammen plötzlich erloschen - so als ob die Tränen, die wieder da waren, die Bedrohung erstickt hatten. Nach langen Minuten klärte sich ihr Blick. Mit Verwunderung sah sie den grauen Pollo zusammengerollt auf dem Schoß des Kommissars liegen.
Einige Atemzüge lang herrschte noch bedrückendes Schweigen im Raum, bis Hufschmidt es mit einem leisen Räusper beendete.

„So - nun wollen wir uns mal auf den Weg nach Dormagen machen."
Seine ruhige Stimme füllte plötzlich ihr ganzes Denken. Der Kommissar half ihr in der Diele galant in ihren Mantel. Diese Geste erschien ihr wie eine Liebkosung. Wann hatte ihr zuletzt ein Mann auf diese Weise in den Mantel geholfen? Werner bezeichnete so etwas stets als Firlefanz einer überholten Gesellschaftsordnung.
Corinna bezeichnete seine Einstellung dann oft scherzhaft als Überbleibsel aus Werners turbulenter 68 er Zeit.
Ganz deutlich wurde ihr plötzlich bewußt, wie sehr sie diese kleinen Aufmerksamkeiten entbehrt hatte.

Wie selbstverständlich trottete Pollo hinter ihnen her, als sie geräuschlos mit dem Lift in die Tiefe - in das Garagenfeld des Untergeschosses - schwebten.
Wohnkomfort allererster Güte – so stufte sein Sozialempfinden dieses Umfeld ein. Man konnte das typische Erbe einer vermögenden Familie erkennen.
Seiner Eltern einzige Hinterlassenschaft war nur eine Grabstätte zwischen Kirche und Krug in Uttum, dem kleinen Dorf seiner Träume. Von dem man bei guter Sicht mit den Augen zum knuffigen **Pilsumer Leuchtturm** hinüberlangen konnte.
Die alten Hufschmidts waren, ihrem letzten Willen entsprechend, in der Heimat zur letzten Ruhe gekommen. Sein Vater wollte auch nach seinem Tode noch die Möven schreien hören. So hatte er dussligen Fragern gegenüber stets seinen Wunsch begründet.

Seinen Platz dort hatte Wilt Hufschmidt damals auch schon bestimmt. Er konnte sein Erbe nicht leugnen. Die Sehnsucht nach den Weiten Ostfrieslands - mit den grünen Weiden und den stillen Mooren hinter den Deichen, nach dem Landstrich mit den Sandhügeln im Wattenmeer vor der Küste, nach den Abenden in den kleinen Krügen, mit wenigen Worten und viel Kööm. Dessen Nachwirkungen man anderntags so herrlich ungestört, in den Dünen über dem Wasser, verwehen lassen konnte.

Auf dem Weg zur Straße legte der Kommissar behutsam, fast unmerklich, seine Rechte auf Corinnas Arm:
„Keine Angst, Corinna" - Corinna - wie ein vertrauter Freund sprach er ihren Namen aus - *„keine Angst, Corinna - meine Kollegen passen Tag und Nacht auf Sie auf - schon seit geraumer Zeit. Ich habe vertrauliche Informationen erhalten, die mich diese Maßnahme ergreifen ließen."*
Den Rest des Weges, bis zum Auto, fiel kein Wort zwischen ihnen. Erst als die Türen ins Schloß klickten, und der Wagen die Ausfahrt hinter sich gelassen hatte, setzte er erneut an:
„Im Wagen Ihres Mannes haben wir Spuren einer seltenen Droge gefunden, die hier bei uns noch ziemlich unbekannt, und auch noch nicht am Markt ist."
Nach einer kurzen Pause setzte er fragend hinzu:

„Hat Ihr Mann Ihnen irgendwann irgendetwas davon erzählt?"

Corinnas Denken war plötzlich wie in Watte gehüllt - Werner und Drogen? Nie und nimmer! Eher würde der schwarzbunte Bundeskanzler zum Priestertum übertreten - oder der Bundespräsident zum Papst gekürt.

Werner, dieser Mann, der sein ein und alles, seine über die Maßen geliebte Tochter, durch eine Überdosis Heroin verloren hatte.

Fünfzehn war Bienchen gerade geworden, als ihre Mutter an Krebs starb. Er hatte seine Trauer über den Verlust seiner Frau mit einem doppelten und dreifachen Arbeitspensum betäubt, und dabei den Schmerz und die Einsamkeit seiner Tochter nicht bemerkt. Er hatte nicht gefühlt, wie sie ihm immer weiter entglitten war. Mit dem Geld, über das er sie verfügen ließ, hatte er sie immer weiter von sich wegtreiben lassen.

Skrupellose Rauschgiftdealer an ihrer Schule, die fanden es ganz schnell heraus. Sie machten sie drogensüchtig, jagten sie in die Abhängigkeit. Solange, bis sie am Ende keinen Ausweg mehr wußte, und sich den goldenen Schuss setzte. In einer Toilette, im Düsseldorfer Hauptbahnhof, legte man sie eines Abends in einen kalten Aluminiumsarg.

Die erste Zeit danach wäre er von den Vorwürfen, die er sich machte, fast verrückt geworden. Bis sich seine Verzweiflung, im unbändigen Zorn auf alles was mit illegalem Drogenhandel in Verbindung stand, ein Ventil geschaffen hatte.

Der Gedanke Werner und Drogenkurier zwang sie zum Lachen - hysterisch fast, ohne Kontrolle brach es aus ihr heraus.

Hufschmidt ließ sie gewähren. Er ließ ihre Reaktion auslaufen, wie eine vom Sturm aufgetürmte Welle am Rheindeich.

Nachdem ihre Erregung wieder ruhiges Fahrwasser erreicht hatte, fragte sie, noch reichlich atemlos:

„Herr Kommissar - Sie glauben doch nicht ernsthaft ..? Ich habe als Kollegin mit Werner vor unserer Ehe fast zwanzig Jahre das Büro geteilt - habe die Höllen hautnah miterlebt, durch die er marschiert ist . . . !"

Sie kann nicht weitersprechen, weil die Erinnerung daran ihr die Luft abschnürt.

„ Eher hätte er sich selbst das Leben genommen . . . "

Betroffen schweigt sie, als ihr die Doppeldeutigkeit ihrer Worte bewußt wird.

Tränen steigen ihr erneut in die Augen. Zwei feuchte Spuren zeichnen ihre Wangen, und laufen wie Rinnsale kleiner Bäche durch ein Meer gequälter Schönheit.

Corinna hat nicht bemerkt, daß sie die Rheinkniebrücke bereits überquert haben. Sie hat nichts von der Kurverei durch die Düsseldorfer Innenstadt mitbekommen - und auch nicht registriert, daß Hufschmidt mittlerweile einen Rastplatz angefahren hat. Als der Wagen stillsteht ergreift er beruhigend ihre Hand.

"Wir gehen jetzt erstmal einen ordentlichen Kaffee trinken. Bevor wir weiterfahren, muß ich Ihnen nämlich etwas erklären."
Hinter ihnen hat ein dunkler Wagen angehalten, in dessen Innenraum man nicht hineinsehen kann, aus dem aber auch niemand aussteigt.
"Das sind unsere Schutzengel - kommen Sie. Es kann Ihnen nichts passieren."
Mit diesen Worten dirigiert er sie in die Raststätte - und hier wiederum in eine abgelegene Ecke, in der sie unbehelligt miteinander reden können.
Nachdem er ihr den Stuhl zurechtgerückt, und sie beide Platz genommen haben, holt er bedächtig seine Zigarrenschachtel und Zündhölzer aus den Tiefen seiner Sakkotasche hervor. Anscheinend weiß der Kommissar nicht so recht, wie er das Gespräch beginnen soll. Er erscheint Corinna wie ein Tertianer bei seinem ersten Stelldichein.
"Wir haben gestern abend sehr aufschlussreiche Post bekommen."
Bevor er weiter redet, zündet er sich umständlich einen Zigarillo an.
Selbstverständlich tut er das nicht, ohne Corinna vorher um Erlaubnis gefragt zu haben.
Sie hat nichts dagegen, sondern ist heimlich froh, über diese Gelegenheit zu einer Zigarette, und läßt sich vom Kommissar Feuer reichen. Als die Glut sich im Tabak eingerichtet hat, redet Hufschmidt weiter.

"Ein Freund Ihres Mannes – er wohnt übrigens in München - hat sie uns zukommen lassen"
Wieder zieht er genüßlich an seiner schwarzen Tabakrolle, als wenn er Corinnas ungläubige Blicke in Rauch hüllen wolle.
Als die Wolken sich verzogen haben, und er erneut ansetzt:
"Dieser Freund..." unterbricht sie ihn spontan: *"Ist es etwa Helmer Cassens...?"*
Erstaunt blickt Hufschmidt sie an.
"Ja, genau. Dieser Helmer Cassens war zu dem Zeitpunkt, als Ihr Mann verschwunden ist, in Südamerika. Genauer gesagt, er machte eine Forschungsreise durch das nördliche Kolumbien."
Duftende Rauchkringel füllen die Pause zwischen seinen Worten.
"Er ist vor drei Tagen von dort zurückgekehrt. Vom Verschwinden Ihres Mannes hat er erst einen Tag nach seiner Ankunft in München erfahren."
Wieder lassen die Bünder Zigarrendreher mit freundlichen Wölkchen grüßen.
"In dem Institut, für das er in Bayern tätig ist, wartete ein Brief auf ihn. Von Ihrem Mann. Er wurde im hiesigen Verteilerzentrum am Tage nach seinem Verschwinden abgestempelt."
Als wenn er sich für das Wort „Verschwinden" entschuldigen müßte, fügt er hinzu:
"Ich sollte wohl richtiger sagen, seit seiner Entführung. Davon gehen wir mittlerweile nämlich aus."

Tröpfelnde Minuten lang schweigt er und nippt an seinem Kaffee.

"Dieser Brief enthielt Bilder - die Bilder, auf die es die Entführer Ihres Mannes mit großer Wahrscheinlichkeit abgesehen hatten."

Man sieht in Corinnas Gesicht, wie sich ihr Herz verkrampft - wie sich das Blut nach unten verzieht. Corinna ist kalkweiß geworden.

Ein fast mit den Händen greifbares Schweigen läuft wie ein dicker Strich über den Tisch zwischen den beiden dahin.

Wie eine Erlösung hört man kurz darauf vom Kommissar:

„*Herr Ober*" - Hufschmidt hat - von seinen Händen unterstützt - in die Richtung des Buffets gerufen - eine steifgestärkte weiße Kellnerjacke nähert sich beflissentlich - " *bringen Sie uns, bitte, zwei doppelte Cognac*" - geht der Bescheid an den dienstbaren Geist.

Der Kellner weist mit freundlichen Worten - aber bestimmt - darauf hin, daß ausnahmslos deutsche Brände auf der Karte stünden.

„*Das ist in Ordnung! Dann bringen Sie uns, bitte, zwei **ASBACH***" - hört man Hufschmidt laut sagen, und leise denkt er bei sich:

>*Alle Achtung, der Wirt hat Selbstbewusstsein.*<

Der dicke Strich des Schweigens, zwischen Corinna und dem Kommissar, hat sich wieder breit gemacht. Er weicht erst, als die Schwenker mit der braungolden blinkenden Flüssigkeit vor ihnen stehen.

„Ich möchte jetzt nicht sagen auf Ihr Wohl - aber ich glaube, Sie können einen kräftigen Schluck gebrauchen."
Es fällt Hufschmidt sichtlich schwer, diesen Trinkspruch in den Raum zu stellen - als wenn die Worte mit Stacheldraht umwickelt sind - so klingen sie.
In einem Zug leeren sie die Gläser.

Genussbanausen - denkt ein älterer Herr einige Tische weiter. Den guten Tropfen so zu kippen. Wenn er die Situation kennen würde - er würde wahrscheinlich Verständnis haben - und den beiden einen zweiten Weinbrand spendieren.
Corinna läuft das Gold des **URALT** wie Feuer die Kehle hinunter. Feuchte treiben die Prozente ihr in die Augen - aber gleichzeitig spürt sie, wie in ihren Nerven die Spannung nachlässt.
„Ihr Mann hat diesen Brief noch in der Nacht seiner Entführung auf den Weg gebracht - wir wissen nicht, wie er das bewerkstelligt hat - aber wir wissen warum."
Als wenn der Kommissar Corinna verträgliche Häppchen verabreichen will, damit sie sich nicht an den Brocken verschluckt, schweigt er wieder eine geraume Zeit.
Gelegenheit für ihn, sich ein neues Zigarillo anzuzünden - und eine zweite Zigarette für Corinna.
Oh Gott - denkt sie - warum spannt er mich so auf die Folter.

Als sich der Rauch in der Luft kräuselt, spricht er weiter.
„Außer den Bildern war in dem Umschlag nur eine kurze Notiz, auf einer abgerissenen Zeitungsecke - Helmer, sie sind da - stand flüchtig darauf gekritzelt. Nichts weiter."
Corinna versteht noch immer nur Bahnhof - obwohl sie ja nun auch im Metier ihres Mannes keine unbefleckte Jungfrau Maria mehr ist. Jahrelang hat sie die medizinische Redaktion des Verlages geleitet. Aber die drei Jahre - die sie seit ihrer Heirat nicht mehr in der Firma war, zeigen ihr jetzt ihre Wissenslücken auf.
„Ich zeige ihnen die Bilder nachher in Düsseldorf. Vielleicht kennen Sie einige Leute, die da abgelichtet sind. Sie werden sie ohnehin auf den Negativen sehen - vermute ich. Aber vorher müssen wir machen, daß wir nach Dormagen kommen."

Während der Kommissar aufsteht, den freundlichen Ober mit den guten Grundsätzen herbeiwinkt, um zu zahlen, dreht Corinna sich auf ihrem Stuhl ein wenig zur Seite. Sie beugt sich nach unten, um Pollo an die Leine zu nehmen.
Im selben Moment splittert Glas - und in der Höhe, in der sich noch vor einem Atemzug Corinnas und des Kommissars Kopf befanden, sieht man zwei kreisrunde Löcher in der Scheibe des Restaurantfensters.
Drei Tische entfernt fliegt der Teller eines anderen Gastes - der soeben eine Gabel ansetzen wollte - in

Scherben auseinander. Die knusprige Schweinshaxe, die sich darauf befand, vollführt eine perfekte Pirouette auf dem blank gewienerten Parkett - und das Esswerkzeug des hungrigen Gastes steckt zitternd im Tischtuch.

Das Schwein **war** doch schon tot - denkt Corinna reflexartig - und fängt an zu lachen - bis sie sich der Situation bewußt wird, und merkt, daß sie mit dem Kommissar auf dem Boden liegt. Über dem ganzen Geschehen liegt ein Hauch von der komischen Dramatik alter Hollywoodfilme.

Von draußen stürmt ein Modellathlet mit furchterregendem Gesichtsausdruck und gezogener Pistole durch die Schwingtüren herein. Es ist offenbar einer der Schutzengel aus dem dunklen Auto.

Als ihr Verstand sich wieder zu einem richtigen Bild geformt hat, wimmelt es auf dem Rastplatz vor den Fenstern von Streifenwagen. Kreisende Blaulichter und emsig herumwuselnde uniformierte Beamte beherrschen die Szene.

„Ich glaube fast, unser echter Schutzengel war rechtzeitig zur Stelle".

Corinna wundert sich, daß sie so gelassen auf das Geschehen reagiert. Sie weiß aber als Ärztin, daß sich das ganz schnell ändern kann.

„Kommen Sie -" Hufschmidt hilft ihr mit weichem Zugriff auf die Beine.

„Hier können wir beide nichts ausrichten. Was hier zu tun ist, das machen die Kollegen schon. Die kennen sich bestens damit aus."

Er zieht sie mit sanfter Gewalt, mitten durch das geordnete Durcheinander, zu seinem Wagen. Um sie herum schaut es aus, wie in einem Hühnerhaufen, in den unversehens ein Fuchs eingebrochen ist. Während er Corinna auf den Beifahrersitz schiebt, sagt er fast tonlos, wie zu seiner Entschuldigung:
„Wir müssen machen, daß wir nach Dormagen kommen."

Ohne ein weiteres Wort legen sie die restliche Strecke zurück. In Hufschmidts Gesicht kann man sehen, daß ihm die Entwicklung Sorge bereitet - zwei scharfe Falten haben sich über seiner Nasenwurzel gebildet. Wer ihn kennt weiß, daß dies bei ihm ein untrügliches Zeichen innerer Erregung ist.
Als der Wagen eingangs Dormagen in die Rheinuferstrasse einbiegt, sehen sie schon von weitem das Aufgebot an Polizei vor dem Photogeschäft.
„Ich habe die linksrheinischen Kollegen gleich nach Ihrem Anruf im Präsidium gebeten, hier ein wenig acht zu geben - die scheinen ja einen Betriebsausflug daraus gemacht zu haben."
Trotz des Schreckens, der ihr noch in den Gliedern sitzt, muß Corinna schmunzeln. Das Schmunzeln vergeht ihr schlagartig - denn der schwarze Mercedes mit dem Silberlorbeer auf den Seitenscheiben, der vor dem Hause steht, ist kein Taxi.
„Verdammt" - mehr ist von Kommissar Hufschmidt nicht zu hören, als er einen Dreisterne Wachtmeister

begrüßt - der offenbar der Anführer der uniformierten Schwadron ist.

"Wir sind sofort nach Ihrem Anruf ausgerückt - leider kamen wir zu spät" - ein Achselzucken begleitet die Worte des Einsatzleiters.

"Wir wissen noch nicht, warum irgendjemand uns hier zwei Leichen präsentiert hat. Im Geschäft fehlt offenbar nichts - sogar die Kasse ist unangetastet. Vielleicht könnt ihr Düsseldorfer uns da ein wenig weiterhelfen."
Ratlosigkeit steht offen im Gesicht des Dormagener Kollegen.

"Oh doch - da fehlt garantiert etwas."
Hufschmidts Stimme klingt wie eine brüchige Geigensaite.

"Kommen Sie mit - ich muß mich selbst davon überzeugen."
Indem er das, schon halb abgewendet, zu seinem uniformierten Kollegen sagt, bewegt er sich leichtfüßig wie eine Raubkatze in das Geschäft.

"Lassen Sie ihre Männer zuerst die Kundentüten mit den Entwicklungsaufträgen kontrollieren."
Ein leichtes Zweifeln macht sich im Gesicht des Einsatzleiters breit.

"Los, los, nun machen Sie schon, " fährt der Kommissar seinen uniformierten Kollegen unwirsch an, *"wir suchen nach einem bestimmten Film."* Der bestimmte Film wird, auch nachdem der Laden völlig auf den Kopf gestellt worden ist, nicht gefunden.

„Ich glaub' ich muß das LKA informieren - der Staatsschutz muß hierher. Kommen sie - Corinna - wir müssen schnellstens nach Düsseldorf zurück. Das hier erledigen andere für uns. Entschuldigen sie, Kollege. Es war vorhin nicht so gemeint", wendet er sich besänftigend an den Dormagener Kollegen, bevor er Corinna in das Dienstfahrzeug drängt. *„Kommen Sie - kommen Sie - wir müssen uns beeilen."*
Kaum sind die Türen in den Schlössern eingerastet, geht die Fahrt auch schon in einem Höllentempo in Richtung Düsseldorf. Blaulicht und Martinshorn schaufeln ihnen auf den ersten Kilometern die Strasse frei.
„Corinna - entschuldigen Sie - aber ich kann nicht den Funk benutzen. Ich vermute einen Maulwurf bei uns im Präsidium."
Ich weiß gar nicht, warum ich dieser Frau das alles erzähle. Wenn das herauskommt, dann komm ich in Teufels Küche, denkt er bei sich.
Die andere Seite seines Denkens weiß, warum er Corinna dies alles erzählt - er ist verliebt in dieses zierliche Persönchen. Unmöglich - sagt die andere Seite seines Wissens. Du warst noch nie in eine Frau verliebt. Dein Beruf ist deine Geliebte.
Er kann keiner seiner sich streitenden Wissenshälften Paroli bieten. Er weiß nur, daß er dieses Wesen - das da engelsgleich neben ihm im Auto sitzt - beschützen muß. Jetzt muß er als erstes blitzschnell zum Jürgensplatz - ins Präsidium nach Düsseldorf.

Seine Ahnung malt ihm, daß die Bilder verschwinden bevor er von Dormagen zurück ist, und er sie sicher verwahren kann. Es ist ja das einzige Beweismittel, das er im Moment besitzt.
Ich Rindvieh - ich ahnungsloses Kalb. Im Stillen belegt er sich selber mit Bezeichnungen, für die er andere wegen Beleidigung verklagen würde. Er würde sich am liebsten in den eigenen Hintern beißen, daß er die Zusammenhänge nicht früher erkannt hat.

Auf den Bildern sind zwei hochrangige Berliner Politiker zu sehen. Das Wissen um die näheren Umstände hat Helmer Cassens ihm heute Morgen in einem längeren Telefonat vermittelt.
Zu dem Zeitpunkt, als Werner die Aufnahmen geschossen hat - Datum und Uhrzeit sind in den Bildern eingeblendet - waren diese beiden Politiker offiziell Tausende Kilometer vom Ort der Aufnahme entfernt. Davon hat in den Zeitungen gestanden - mit einem Auge hatte er es so nebenbei in der Rheinischen Post gelesen. ‚Parlamentarische Delegation des deutschen Bundestages in Kabul' - lautete die Überzeile der Meldung.
Bei der Reisewut der deutschen Politiker waren solche Meldungen ja nicht ungewöhnlich. Die Volksvertreter mußten ja schließlich ihre Bonusmeilen für die nächsten kostenlosen Urlaubsflüge der Verwandtschaft zusammenfliegen.
Stopp and go Verkehr erfasst sie schon auf der Neusser Seite der Südbrücke. Schräg vor sich hinpfeifend

trommelt Hufschmidt erregt mit den Fingern auf dem Lenkrad herum. Wenn ihm etwas quer auf der Seele sitzt, dann verschandelt er selbst die schönste Melodie mit seinem schrägem Gepfeife. Er hat für einen Moment vergessen, daß er nicht alleine im Wagen sitzt.
Erschrocken hält er inne, als Pollo ihm seine feuchte Nase ans Ohr drückt.
„James Bond müsste man sein - mit einem flugfähigen Dienstwagen. Dann könnte man jetzt den ganzen Brassel unter sich lassen."
Dieser fromme Wunsch läuft laut über seine Lippen, angesichts des einsetzenden Berufsverkehrs. Die Strassenbahn kommt zügiger voran - denkt er noch hinterher. Auch Blaulicht und Martinshorn sind nicht in der Lage, die Fahrzeugknoten aufzulösen, die sich immer aufs Neue in den Autoschlangen vor ihnen bilden. Nach endlosen lautlosen Flüchen, und ebenso endlosen stillen Verwünschungen, an die Adresse der Verkehrspolitiker, haben sie es in einer Stunde und zwanzig Minuten geschafft, das Präsidium zu erreichen. Direkt vor dem Haupteingang läßt er den Wagen bilderbuchmäßig vorschriftswidrig stehen, und verschwindet im Dauerlauf im Inneren des schmucklosen Klinkerbaues.
Corinna bewacht unterdessen mit Pollo das als Verkehrshindernis wirkende Fahrzeug. Hufschmidt hastet - zwei Stufen auf einmal nehmend - zur zweiten Etage hinauf. Der asthmatisch keuchende Aufzug ist ihm viel zu langsam. Entgegenkommende Kollegen vermuten

sicherlich, der Leibhaftige säße dem guten Hufschmidt auf den Hacken.

So ganz unzutreffend ist diese Vermutung ja auch nicht. Reichlich außer Atem stürmt er in sein Büro - und bemerkt auf den ersten Blick, daß sich während seiner Abwesenheit etwas verändert hat. Die geordnete Unordnung auf seinem Schreibtisch ist eine andere.

„Auch 'ne Tasse Kaffee Chef?" - Meyer - sein junger Assistent - kommt mit einem dampfenden Kaffeebecher in der Hand, aus dem Nebenzimmer. *„Danke, Meyer - später vielleicht. Hast du was von meinem Schreibtisch genommen?"*

Meyers, von der durchwachten Nacht in der Wülfrather Kalkgrube, übermüdete Augen - bekommen einen leichten, selbstmitleidigen Schimmer.

„Chef - ich bin doch grad' erst aus der verdammten Zementmühle gekommen. Da hatten sie mich doch hingescheucht, bevor sie zu dieser Zelluloidsache Richtung Dormagen losgedüst sind. Gucken sie sich mal meine Schuhe an."

Dabei fabriziert Meyer ein Gesicht, als wenn ihn das heulende Elend beim Wickel hat. Das ganze ist aber auch zum Mäusemelken. Seine Schuhe, die ihm gestern auf der Kö über vierhundert Mark gekostet haben, sehen aus wie die abgelegten Arbeitsgaloschen eines Bauarbeiters.

Er mußte zum -zigten mal die Fundstelle dieses Schrottkäfers unter die Lupe nehmen - und der Chef schaukelte

währenddessen mit dieser rassigen Brünetten durch die Gegend.
Dass seinem Chef und der mitschaukelnden 'Brünetten', bei diesem durch die Gegend schaukeln, wie er es nennt, ein freundlicher Zeitgenosse um ein Haar fast das Lebenslicht ausgeblasen hätte, davon kann der geplagte Meyer ja noch nichts wissen.
Der Umschlag mit den Bildern ist verschwunden. Kommissar Hufschmidt hat alles dreimal umgedreht – hat jede Schublade durchsucht - das einzige Resultat ist ein steril anzusehender Schreibtisch, an dem er sich in den nächsten vierzehn Tagen garantiert nicht heimisch fühlen wird.
Was bleibt ihm zu tun? Nichteinmal sein Intimus Meyer, der mit wartenden Ohren, und seinen Vierhundertmarks Kalkschuhen an den wippenden Füßen, mit einer Pobacke auf der Schreibtischkante sitzt, erfährt von Hufschmidt ein Sterbenswörtchen über die Entwicklung der letzten Stunden.
Nachdem er seinen Assistenten verdonnert hat, über die Auswertung der Spurensicherung bis zum nächsten Morgen ein ausführliches Protokoll abzuliefern, entschwindet er nach draußen.
Meyer mit offenem Mund - aus dem der gerade noch eine Frage loswerden wollte - im Büro auf der Schreibtischkante zurücklassend. Erst als die Bürotür unsanft ins Schloß klappt, klappt Meyer auch seinen Mund wieder zu.

Vor dem Haupteingang des Präsidiums war in der Zwischenzeit ein uniformierter Kollege so nett, den Wagen des Kommissars in eine zivilisierte Parkstellung zu bringen - und außerdem Corinna einen Kaffee aus dem Automaten in der Wachstube zu servieren. Sogar für Pollo war ein Stück von einem Kotelett abgefallen.
Eigentlich ist es ein Beweis für die Beliebtheit Hufschmidts unter den Kollegen. Sie alle wissen, daß nach des Kommissars Urlaubsaufenthalten in Ostfriesland von ihm selbst gefangene und geräucherte Leckerbissen von Meeresköstlichkeiten den Weg ins Präsidium finden.

Die größte Schwierigkeit für den Kommissar besteht während der nächsten halben Stunde darin, Corinna davon zu überzeugen, ihr Haus zu verlassen. Sie muß für Tage - oder Wochen gar - irgendwo anders Quartier nehmen. Am liebsten wäre es Hufschmidt, er könnte Corinna mit Pollo in seinem Haus am Kleineforst in Sicherheit bringen - aber das auszusprechen traut er sich nicht, der gestandene Verbrechensbekämpfer.
Corinnas zaghaften Einwand, man würde sie doch schon bewachen, läßt der Kommissar nicht gelten. Polizisten bilden für die Gegenseite kein Hindernis - wie sie beide ja am Nachmittag nachdrücklich erfahren mußten.
Corinna kann sich letztendlich nicht den Argumenten entziehen, und entschließt sich widerstrebend, sich überreden zulassen. Hufschmidt befürchtet nämlich, daß nichts von dem, was in der Villa am Grafenberger Wald

geschieht, den Augen der anderen Seite entgeht. Das Bild um das Haus herum muß das gewohnte bleiben. Jede Veränderung der Szenerie würde mit Sicherheit von irgendjemand registriert werden.
Eine Doppelgängerin muß her. Spontan fällt ihm seine Kollegin Karin Müller ein, die in Statur und Haarfarbe Corinna auffallend ähnelt. Vorher gibt es nur ein Problem aus dem Weg zu räumen - Karin Müller hat seit drei Tagen Urlaub.
Nicht dass sie an irgendeinem entfernten Ferienziel in der Sonne schmort – nein, sie richtet ihre neue Wohnung ein, die sie vor kurzem bezogen hat.
Die Freude, die sie über die neue Wohnung empfand, war wie steter Sonnenschein durch die Dienststelle gesegelt. Nun muß er ihr einen Becher sauren Weins servieren. Er muß sie bitten, ihren Urlaub abzubrechen, um ihm zu helfen, seinen Plan durchzuführen.
Karin Müller wohnt seit vierzehn Tagen in der Nähe des Eisstadions. Es ist ein Krampf, sich um diese Tageszeit durch den Stadtverkehr bis zum Brehmplatz durchzukämpfen. Er wohnte selbst lange in der nahen Herderstrasse. Daher kennt er den, sich zweimal täglich auf den Strassen wiederholenden, Schlamassel nur zu gut.
Seitdem er an den Stadtrand ausgewandert ist bringen ihn die Straßenbahnlinien **3** und **9** jeden Morgen, ohne Stress, in wenigen Minuten von zu Hause bis vors Präsidium.
Manchmal denkt er, die Bevölkerung Düsseldorfs hätte nichts Besseres zu tun, als mit ihren Benzinkutschen die

Straßen der Stadt zu verstopfen. Sogar durch die Querverbindungen, der normalerweise ruhigeren Wohnviertel, wälzen sich die Blechlawinen.

In solchen Momenten träumt er sich oft in die Abgeschiedenheit der Krummhörn hinein.

Hufschmidt hat die Kollegin über sein Mobiltelefon vorsorglich von seinem Kommen in Kenntnis gesetzt - über seine Begleiterin Corinna, und sein Anliegen an sie selbst hat er noch nichts verlauten lassen. Bei dem Hintergrund, den er vermutet, ist auch ein Abhören dieser kleinen Wunderwerke der Technik nicht auszuschließen.

Durch drei Sicherheitsschleusen rollt das Auto, bevor sie in der Tiefgarage unter der Wohnwelt am Zoo landen. Wenn er auch hin und wieder seine eigenen Ansichten über die homogenen Hemisphären der Appartmentklötze in den Großstädten hat - unter diesen Umständen ist er froh, dass Karin Müller sich eine dieser abgesicherten Anlagen als Domizil wählte.

Einundzwanzig Geschosshöhen hat der Schnellaufzug unter sich gelassen, als er in der achtzehnten Etage die Fahrt abbremst. Karin Müller empfängt die Besucher am Lift, und führt sie in ihre zwar kleine, aber schnuckelig eingerichtete Wohnung.

„Seid willkommen in meiner Burg," wie sie scherzhaft bemerkt.

Der Blick aus dem großen Panoramafenster reicht, über das in der anbrechenden Dunkelheit flimmernde Düsseldorf, bis ins nachbarliche Neuss - auf der anderen Rheinseite. Die beleuchteten Schwünge der Brücken, über den Strom hinweg, bieten dem Auge des Betrachters ein einmaliges Bild.

PERSIL leuchtet es in großen roten Buchstaben, wie ein Relikt aus vergangener Zeit, vom Dach des Wilhelm-Marx Hauses herüber. **Persil** - Synonym für Henkel. Konrad Henkel, der heimliche König der Rheinmetropole - der Herrscher über die meisten Chemietöpfe der Region. Reisholz müßte eigentlich Henkelholz heißen - läuft in seinen Gedanken noch so nebenher.

Kamüs - Kamü wird die schöne Müllerin, wegen ihres Kürzels auf Schriftstücken, von ihren Kollegen kurzweg genannt – Kamüs Erfahrung aus der jahrelangen Zusammenarbeit mit Kommissar Hufschmidt läßt sie Dinge ahnen, die nicht alltäglich sind. Ihres Vorgesetzten Plan überrascht sie daher weniger, als Neuschnee zu Muttertag es tun würde.

Da Zögern nicht zu ihren Stärken zählt, steht ihre Entscheidung zwei Gedankenstriche nach Hufschmidts Erklärungen bereits fest.

Natürlich macht sie mit - sie hält schon den Spaten in der Hand, um den Sumpf, der sich bereits vor ihrem geistigen Auge auftut, damit trockenzulegen. Ihre Tätigkeit bei der Polizei betrachtet sie nicht als profanen Job. Verbrechensbekämpfung ist für sie Berufung. Sie sieht es nicht als ihre Aufgabe, kleine Eierdiebe der gestrengen Göttin Justitia zuführen. Die kleinen Eier-

diebe haben oftmals die stibitzten Eier dringend zum Überleben nötig. Nein, den Biedermännern, mit den zur Schau getragenen weißen Westen über ihrer schwarzen Seele - denen versucht sie, so gut sie kann, und soweit ihr oberster Chef es zulässt - das Handwerk zu legen.
In den Fällen, in denen ihr das versagt bleibt, ist sie bestrebt - um es einmal unverblümt auszudrücken - den Herren wenigstens gehörig ans Bein zu pinkeln, damit jeder riecht, mit wem er es zu tun hat.

Kommissar Hufschmidt hält seinen Plan einfach für genial.
„Sagen wir besser genial einfach, lieber Huschmich - damit Dir Deine Genialität nicht zu Kopfe steigt - Deine Einfachheit ist mir lieber."
Die Müllerin hat den Kommissar bei seinem heimlichen Spitznamen genannt. Sie ist die einzige, die ihn privat so nennt - so nennen darf. Im Präsidium gebraucht man den Namen nur, wenn der damit gemeinte außer Hörweite ist.

Corinna und Karin Müller tauschen die Rollen. Corinna bleibt in der Wohnung am Zoo. Da ist sie, soweit man überhaupt von Sicherheit reden kann, sicher. Karin Müller fährt als Corinna mit dem Kommissar in die Grafenberger Villa. Sie ist schon emsig bemüht sich mit Pollo anzufreunden - denn der muß mit in die Villa, sonst stimmt der Rahmen nicht.

Hufschmidt bittet Corinna, ihre Verpflichtungen für die nächsten Tage, mit irgendeiner vorgeschobenen Begründung, sämtlich abzusagen.
„Sagen Sie einfach, Sie brauchen dringend Ruhe - das ist dann noch nichteinmal gelogen" - ermuntert Hufschmidt Corinna, die mit ziemlich hilflosem Gesichtsausdruck ihr Taschentelefon anstarrt.
„Werden Sie ruhig rot, während Sie den Leuten etwas vorflunkern - es sieht ja von denen niemand," versucht er sie aufzulockern. *„Übrigens, das Rot steht Ihnen ausgezeichnet."*
Er kann es sich nicht verkneifen, ein Kompliment hinterher zuschicken. Das ermutigt die Röte in Corinnas Gesicht, sich noch zu vertiefen.
„Das gleiche gilt - natürlich nicht nur in Bezug auf das Absagen der Verpflichtungen - auch für Dich, schöne Müllerin" - fügt Hufschmidt augenzwinkernd hinzu.
Er weiß seit langem, daß sie eine Schwäche für ihn hat. Er hat diese Schwäche aber leider - oder Gott sei Dank, wie er erleichtert hinterherdenkt - noch nie ausgenutzt. Das würde ihn jetzt ganz sicher in einen Zwiespalt der Gefühle stürzen.

Nachdem Karin Müller ihr stets griffbereites 'Notköfferchen' kontrolliert hat, machen sich die beiden auf den Weg. Corinna hat auf einem Zettel ein paar Kleinigkeiten notiert, die der Kommissar ihr noch aus ihrem Haus herschaffen soll.

Zwei Stunden später verläßt der Wagen des Kommissars die Tiefgarage am Zoo. Für einen draußen verweilenden Beobachter sind die Personen im Auto die gleichen wie bei der Einfahrt. Kleine Kunstgriffe haben selbst die Frisuren der beiden Frauen zum Verwechseln ähnlich gestaltet.
Nur der Inhalt der Gespräche zwischen den beiden Figuren im Innern ist ein völlig anderer.
„Wo rutschen wir da 'rein - Wilt?" Karin Müllers Gesicht ist gar nicht mehr fröhlich, als diese Frage zu ihm herüberweht. Sie hat den Kommissar mit seinem Vornamen angesprochen. Den benutzt sie höchst selten - nur in Ausnahmesituationen. Er merkt, daß sie spürt, wie nahe ihm die Sache geht. Auch, oder gerade, persönlich. Die Hoffnung, dass irgendwann zwischen ihnen ein festes Band der gegenseitigen Gefühle entsteht, ist - von der ersten Begegnung an - in ihr lebendig geblieben.
„Wo wir da 'reinrutschen, fragst du mich?" - Hufschmidts Gesicht drückt - indem er sich ihr zuwendet – tiefe Zweifel aus - *„sind wir nicht schon mitten drin, in diesem dreckigen Sumpf?"*
Vom ARAG-Haus an der Heinrichstrasse ist er querdurch gefahren, den üblicherweise schnelleren Weg. Doch ab der Rolandsburg ist die ganze Straße zugeparkt. Das Vorwärtskommen geht bloß Tröpfchenweise.
„Jetzt hab ich extra den Weg über die Höhe genommen, um das Gewusel am Stauffenplatz zu umgehen,"

schimpft er grantig vor sich hin - *„aber dabei nicht an die wildgewordenen Zocker gedacht."*
Es ist Mittwoch - und Mittwoch ist Renntag für die Düsseldorfer Galopper. Das bedeutet regelmäßig Hochkonjunktur am Totalisator - und ist immer der Rekordtag für zerbrochene Träume.
Dadurch dauert die vermeintliche Abkürzung über die Hardthöhe eine gute dreiviertel Stunde länger als die Fahrt über den schrankenbewehrten Stauffenplatz. Eine Zeit, in der Hufschmidt mit Vehemenz dafür sorgt, daß die Bünder Zigarrenwickler nicht brotlos werden.
„Wenn du eine Sprinkleranlage mit Rauchmelder im Auto hättest, würden wir jetzt schon bis zum Hals im Wasser sitzen."
Diesen kleinen Stich muß die Müllerin ihrem Huschmich verpassen - obwohl sie selber auch nicht generell Nein zu einem Glimmstengel sagt.
So hin und wieder gönnt sie sich das Rauchvergnügen schon mal - zum Beispiel bei einem guten Glas Wein. Das sie übrigens schon lange nicht mehr gemeinsam genossen haben - Wilt und sie.
Alles Leiden hat mal ein Ende, und so rollen sie kurz vor sechs durch das geräuschlos aufschwingende Gittertor in der Umfassungsmauer des Bülowschen Anwesens. Corinna hat ihm das Funksignal für das Tor und die Garagentüren mitgegeben.
Fünf Sekunden nachdem der Hintern des Fahrzeugs am Torpfosten vorbeigerauscht ist, schwingen automatisch die Flügel wieder zu. Ohne Halt gleitet der Wagen in die

geräumige Garage, auf der die Villa praktisch wie eine Festung thront. Werners Vater hat dieses ungewöhnliche Gebilde seinerzeit in die Landschaft setzen lassen.

Er war ein Rennfahrer, der für seine Autonarrheit mehr Platz benötigte, als zum wohnen. Damit ist keineswegs gesagt, daß das Haus der Bülows klein ist - absolut nicht. Nur ist eben mehr Platz für die Autos vorhanden.

Karin Müller will nicht eher aussteigen, bis die Garagentüren wieder geschlossen sind. Kaum das der Kommissar den Schlag an seiner Seite geöffnet hat, saust Pollo mit einem Affenzahn in den parkähnlichen Garten. Seine Blase ist wahrscheinlich so prall gefüllt, wie ein Luftballon kurz vorm zerplatzen.

In dieser beschissenen Situation hat doch keiner von ihnen an den armen Hund gedacht. Was der arme Hund die ganze Zeit über von den Menschen gedacht hat, das würde hier glatt wegzensiert werden.

So ein ganz kleines bißchen schlechtes Gewissen über das vergessen des Hundes kriecht bei den beiden Kriminalstrategen vermutlich doch durch das Empfinden. Wie sonst kann es wohl sein, daß die Müllerin Pollo anschließend zwei Pfund Rinderhack serviert. Rinderhack, das ihr Kollege Hufschmidt eigentlich als Grundlage für seine Spaghetti Bolognese gekauft hat. Die Spaghetti Bolognese - auf die sich schon seine monatliche Skatrunde freut. Die Skatrunde, die, wenn das Skatspiel denn überhaupt heute Abend stattfindet, sich notgedrungen mit Frikadellen aus der Kaiserburg zufrieden geben muß.

Willem Hunscher seine Christin macht hervorragende Frikadellen - ohne Zweifel. Nicht umsonst wandern wohl an die hundert Stück jeden Abend über die Theke. Wie Wilt Hufschmidt mal spaßeshalber mitgezählt hat.
Wirt Willem sagt immer ganz stolz: *„Ming Christin de maakt de besten Löwenköddel"* - wobei er für jedes Wort dieses Lobes einen DB über seinen trinkfesten Knorpel schüttet. DB war für Hufschmidt - bevor er in den Kleineforst zog - bloß immer das Firmenkürzel für Daimler Benz oder die Bundesbahn.
Willem Hunscher - der wieselige Krüger an der Ecke - hat ihn aber schnell eines Besseren belehrt. Auf des Kommissars ungläubige Frage, ob Mercedes jetzt auch schon Schnaps produziere, war Willem in schallendes Lachen ausgebrochen.
„Nee - ming Jung" - Willem sag-te zu jedem, der auch nur einen Tag jünger war als er, ming Jung - *„nee, ming Jung - DB dat is 'nen aafgespritzten Schabbau - Drietlocksbitter heet dat in Düsseldorp-Ludeberch."*
Und wohl um seine Christin ob seines DB Konsums gnädig zu stimmen, fügte er noch fachmännisch hinzu:
„Mit ming Christin siene Löwenköddel, un mit jenooch DB dorhinger he, dor kannste hungerd Joahr al wede."
Einundsechzig ist er geworden - der alte Willem. Wenn ihn jetzt noch jemand fragen könnte, warum er so früh gestorben ist - er bekäme wahrscheinlich zur Antwort:
„Ming Jung - ich han eves nich genooch DB jedrunke."
So die Regel des alten Willem. Sie wird immer noch mannhaft von den Gästen der Kaiserburg befolgt.

Wodurch der Kreis der lustigen Witwen im Viertel ständig Nachschub erhält, und der Schnapsbrenner Bruchhausen keine Arbeitskräfte auf die Straße setzen muß. Aber bis es soweit ist, wird die Zeit noch eine Zeit durch Düsseldorfs Straßen ziehen.

Pollo ist auf jeden Fall besänftigt, und läßt sich gnädigst von der Müllerin die Treppe hochtragen. Nachdem der Kommissar seine hübsche Kollegin einigermaßen mit den Gegebenheiten im Hause vertraut gemacht hat, zittert er mit den Sachen für Corinna wieder ab. Richtung Brehmplatz.
Karin Müller macht sich so ihre Gedanken - wieso Wilt sich so gut in dem Bülowschen Haus auskennt - und was sich wohl gerade zwischen den beiden in der Wohnung am Zoo abspielt.
Das es Eifersucht ist, die diese Gedankenbilder in ihr malt, ist ihr schon klar – bloß, gegen Blitz und Donner kann man auch nichts ausrichten. Man kann nur beten, daß es nicht bei einem selber einschlägt.
Sie betet zum heiligen Florian, dass er es nicht bei Corinna einschlagen lassen möge - und lacht sich gleich selber aus, weil sie sich mit ihren knapp vierzig Jahren benimmt wie ein junges Mädchen, dem der erste Büstenhalter zu eng wird.
Dabei könnte sie an jedem Finger zehn Männer haben - wie ihr immer glaubhaft von ihren verheirateten Freundinnen versichert wird. Die Freundinnen, die sie offenbar und heftig wegen ihrer Unabhängigkeit beneiden, und

die nicht die Trostlosigkeit ihrer einsamen Nächte genießen müssen.
„Ach Mädchen - hör auf zu grübeln - sonst fängst du noch an zu flennen" - ruft sie sich selbst zur Ordnung. Froh ist sie, daß Wilt sie um ihre Unterstützung angegangen ist - und daß dadurch ihrer Hoffnung auf Erfüllung ihrer heimlichen Wünsche, die auf kleiner Flamme in ihr weiterbrennt, die Nahrung nicht ausgeht.

Der Kommissar hat unterdes den zirkusreifen Drahtseilakt Düsseldorfer Feierabendverkehr ohne Blessuren hinter sich gebracht. Er hat auch die Seelentrösterrunde mit der aufgelösten Corinna - die nun auch noch für eine Zeitlang auf Pollo verzichten muß - mit leicht lädiertem Herzen überstanden. Jetzt befindet sich mit seinem Dienstwagen, den er heute mal ausnahmsweise mit nach Hause nimmt, auf den Weg in den Kleineforst. Eine Hälfte seiner Gedanken ist bei Corinna, eine Hälfte bei Karin Müller - und die dritte Hälfte ist bei den noch schemenhaften Gestalten des Kriminalfalles. Drei Hälften denkt er plötzlich - das ist ja irgendwie bescheuert. Aber was ist schon noch normal bei einem solchen Gefühlscocktail. Die Reste seiner Empfindungen, die um die drei imaginären Hälften flattern, beschäftigen sich schon mit dem Skatabend.

Frikadellen - Löwenköddel - schießt es ihm in den Sinn, nachdem er schon ein Stück an der Kaiserburg vorbei ist. Die vorsorglich bestellten Löwenköddel muß er ja noch bei Christin rausholen. Spontan tritt er so vehement in die Bremsen, daß ein älterer Spaziergänger, der den Weg vom Wildpark herunterkommt, den Kopf schüttelt und ihm erbost einen Vogel zeigt. Hufschmidt hebt entschuldigend die Hand - und denkt: recht haste, Alter. Das gleiche hätte ich auch gemacht, wenn ein anderer so meschugge um mich herum gekurvt wäre.

Bei Hunschers herrscht um diese Zeit Hochbetrieb. Willem kommt mit dem Zapfen gar nicht nach, weil Christine hochkantig in ihrer Frikadellenschmiede steht. Wobei der Betrachter bei ihr nicht so genau feststellen kann, ob hochkant oder flach – die Maße sind bei ihr nach allen Seiten so ziemlich gleich.

Willem ist grantig - seit kurzem hat er **JEVER-Pilsener** am Hahn - ein Glas vom friesisch-herben Pilsener braucht natürlich länger, bis es serviert werden kann, als ein rheinisches **DIEBELS-Alt.** Und gerade heute - wo die Kneipe gerammelt voll ist *„suffe de meeste dat Pils van ööch dor unge"* wie er sich genervt ausdrückt.

Ihm fehlt reinweg die Zeit, seinem DB gebührende Aufmerksamkeit zu schenken. Der urige Wirt wirkt dadurch etwas zerknittert - als wenn sein Inneres zu klein für seine Haut geraten wäre.

Durch den Anblick des schäumenden Gerstensaftes wird bei Hufschmidt der Durst geweckt. Es ist mehr als verständlich, denn nach dem Gewehrschussweinbrand vom Mittag hat er noch keine Flüssigkeit wieder gesehen - außer dem Gewaltsstrahl aus Pollos übervoller Blase.

Der erste Schluck des herben friesischen Gerstensaftes ist gerade bei ihm auf der Zunge verdampft, als ihn eine vertraute Stimme von der Seite anspricht.
"Moin, Herr Kommissar." Es ist Hilbers, der Aktentransporteur aus dem Präsidium. Sein Bürobote, der mit seinen plattdeutschen Späßen immer die ganze Mannschaft aufmöbelt, und dessen sehnlichster Wunschtraum es seit jeher ist ein Sherlock Holmes zu sein. Mittendrin in diesem Milljö ist er ja nun schon seit über fünfundzwanzig Jahren. Und heimlich hat er wohl auch so viele Protokolle gelesen, wie diese Jahre Tage hatten. Nur - für voll nimmt diesen spleenigen, vermeintlich ungebildeten, knustigen Friesenossi so recht niemand.
Damals nicht, als die Arbeitslosenschwemme auf der ostfriesischen Halbinsel den ungelernten Arbeiter nach Düsseldorf gespült hat - und heute noch viel weniger. Wer heute nicht massenhaft Kauderwelsch in Denglisch von sich geben kann, der gilt in der Neuwelt sowieso als ein bißchen doof. Der kleine Hilbers ist davon nicht ausgenommen.
"Prost, Herr Kommissar - trinken sie man auch 'n lütten Korn mit?" - und gleich kommt plietsch hinterher: *"ohne Kööm is dat Bier ja viel zu drööch."*
Auch dafür reicht denn der Durst bei Hufschmidt noch. Zumal er einem Landsmann schlecht einen Schluck abschlagen kann. Er dürfte sich danach in norddeutschen Landstrichen nie wieder blicken lassen.
Der kleine Hilbers stammt nämlich - genau wie der Kommissar auch - aus Ostfriesland.

"Ich hab' gar nicht gewusst, das sie auch hier in der Ecke wohnen" - gibt Hufschmidt seiner Verwunderung Ausdruck.
"Nee - tu ich man auch nich." Aktentransporteur Hilbers kann seine Herkunft nicht verleugnen - welcher Ostfriese wollte das auch.
"Ich hab man einfach hier auf Ihnen gewartet - weil, wegen die Frikadellen. Willem - was der Wirt is" - Hufschmidt weiß natürlich auch ohne diese Erklärung, daß Willem der Wirt ist - *"hat mich gesaacht, das sie noch kommen tun - von wegens die Löwenködels für das Schaatspiel."*
Mit dieser langen Rede hat der kleine Hilbers seine Energie so erschöpft, dass er erstmal einen zweiten doppelten DB bestellt. Natürlich nicht, ohne Hufschmidt und Willem genötigt zu haben einen mitzutrinken.
"Ich nööch Dich, einen mitzutrinken" ist sein Standardspruch, der in der Kantine des Präsidiums schon zum festen Ritual aller Kollegen gehört. Hufschmidt sieht, in Kenntnis ostfriesischer Gewohnheiten, seine Skatrunde schon in den Gläsern auf dem Tresen verschwinden.
In Erwartung der Dinge die da kommen - von denen aber noch kein blasser Schimmer durch seinen Kopf weht - gibt er einem Nachbarn, den es zum Abendessen nach Hause zieht, einen Zettel mit, den **der** bei ihm im Kleineforst an die Pforte heften soll. Seine Skatbrüder haben damit wenigstens eine Anlaufstelle - obwohl, das wird ihm mit Garantie ein teurer Abend werden. Na, ja - dreißig Frikadellen muß er ohnedies berappen.

Irgendetwas kommt noch auf ihn zu. Das spürt er - irgendwas hat der kleine Hilbers noch in der Hinterhand. Und die Überraschung ist perfekt. Zwar erst nach dem fünften Glas **JEVER** - und sieben oder acht **DB** - so genau kann es keiner von ihnen nachvollziehen, denn Wirt Willem trinkt öfter mal dazwischen rein.
Damit seine Christin - die beste Löwenköddelbäckerin der Welt - nicht mitzählen kann.
„Tja - Herr Kommissar" - plötzlich ist der kleine Hilbers - der kleine Hilbers ist übrigens gar nicht so klein und heißt Jan - wieder beim Herr und Kommissar angelangt. Ostfriesen unter sich, und in der Fremde - zumal nach so langer Kollegenzeit - für die ist eigentlich das Du obligatorisch.
„Tja - Herr Kommissar" – man merkt, so richtig kann der kleine Hilbers den Anfang nicht finden - *„ich war ja nun heute morgen bei Sie im Kontor . . ."* verlegenes Hüsteln läßt ihn wieder ein wenig zögern.
Um den Sprachfluss bei Jan wieder in Gang zu bringen, klopft der Kommissar ihm freundschaftlich auf die Schulter
„Mensch Jan - da biste doch jeden morgen. Wie sollt' ich denn sonst arbeiten können, wenn ich Dich und Deinen pünktlichen Kurierdienst nicht hätte? Da stellen wir doch alle im Präsidium die Uhren nach."
Jan Hilbers sein rundes Gesicht strahlt wie die ostfriesische Morgensonne, wenn sie Frühjahrs mit einem Auge am schiefen Surhusener Kirchturm vorbei schielt.

„*Heute morgen war ich ja aber man nich so pünktlich - weil ich mich den Magen verkühlt hatte.*"
Man sieht förmlich, daß es ihm peinlich ist zu erzählen, dass er wegen Durchfalls nicht vom Klosett kam. Gegenüber Krööger Willem war er da nicht so zurückhaltend gewesen. Dem hatte er in einfacher Form von seiner „Schieteree" berichtet, als er ihn um einen Bierwärmer anging
„*Von wegen das kalte Bier gestern Nacht - und das war auch noch ohne Kööm.*"
Der fehlende Kööm stellte für Jan Hilbers wohl die größte Gesundheitsgefährdung dar.
„*Ne halbe Stunde war ich zu spät bei Sie ins Kontor*" - als wenn er sich nachträglich dafür entschuldigen müßte, bestellt er noch eine Runde **JEVER**.
„*Wenn ich man jüstemang nich mit dem flotten Otto zu tun gehabt hätte – die Schnackerei auf dem Klosett wär ich ja glatt an vorbeigekommen.*"
Hufschmidt ahnt noch immer nicht, wo sein Landsmann hinsteuert, weil **der** ständig seine Stimmbänder nachfeuchtet.
„*Da haben zwei was gesprochen. Ich weiß aber nich, wer das war - weil ich ja nich vom Trichter weg konnte.*"
Ein Schluck Pils schmiert erstmal wieder die nächsten Worte.
„*Aber um was es da ging - das wußte ich sofort.*"
Plötzlich spricht der kleine spleenige Hilbers ein einwandfreies Deutsch.

„Gestern Abend ist doch mit der Eilpost bloß ein einziger Brief eingetrudelt - und zwar der an Sie. Sie wissen ja, der aus München."
In Hufschmidt kriecht langsam und intensiv ein scheußliches Gefühl an der Wirbelsäule hoch. *„Um diesen Münchener Brief ging es in diesem Gespräch - und das er unbedingt sofort verschwinden müsste"* ist Hilbers nächster Satz.
Das scheußliche Gefühl hat Hufschmidts Nacken erreicht, und wo sich jetzt die Haare sträuben.
„Ich hab den flotten Otto in meiner Hose mitgenommen, und bin direkt in ihr Büro gesaust."
Als wenn der Geruch vom flotten Otto ihn noch verfolgt, schüttelt Hilbers sich wie ein Hund, der aus dem Regen kommt. Er läßt noch genüßlich einen **DB** über seine Zunge trällern - greift in seine Innentasche - und hält einen braunen Umschlag in der Hand.
„Hier ist der Brief" - mit diesen kargen Worten hält er dem Kommissar die Postsendung hin.
Der steht wie vom Blitz getroffen - unfähig sich zu rühren - um unversehens Hilbers in die Arme zu nehmen, ihm einen dicken Schmatz auf die Glatze zu drücken, und mit einem tierischen Schrei eine Runde mit dem knustigen Ostfriesen durchs Lokal zu drehen.
„Jetzt hett de Alkohol dat Regiment" - kann Christine ob dieses Anblicks nur fassungslos über den Tresen schicken. Wobei sie ihren Willem anschaut, als wenn sie ihm sagen wollte:

„Su jeht dich dat ooch - wenn du nich bald uffhörst zu suffe."

Nachdem die ausgeflippten Ossis wieder am Tresen gelandet sind, bestellt Hufschmidt erst einmal eine Runde JEVER und Aafjespritzen für alle. Die fällt natürlich happig aus, weil im gleichen Moment seine Skatbrüder von draußen hereinschneien, und gleich mit einsteigen in dieses ausgelassene Spiel. Nach der zweiten Lokalrunde zur Besänftigung seiner Freunde verschwindet der Kommissar zu Christine in die Küche. Vordergründig um die Löwenköddel zu besorgen - tatsächlich, um den brisanten Umschlag mit den Bildern in Christines Tresor zu deponieren. Was in Christines Tresor landet, ist darin so sicher aufgehoben wie in Abrahams Schoß.

Diese etwas ungewöhnliche Erfahrung haben anfangs zwei Mitternachtsschlosser machen müssen - sehr schmerzhaft und nachhaltig. Christine ist nicht nur Weltmeisterin im Frikadellen braten sie kann auch weltmeisterlich mit dem großen hölzernen Kartoffelstampfer - ihrem Ärpelsdemmer, wie sie immer sagt - umgehen. Ihre Erfolge - ein zertrümmertes Nasenbein und ein bildschöner Schädelbruch - stehen wahrscheinlich noch in zwanzig Jahren in jeder Fachzeitschrift für Geldschrankknacker, als Warnung vor Christin, vermerkt.

Jedenfalls hat in den vergangenen Jahren keiner mehr den Versuch gestartet, Christins Geldschrank Marke Eigenbau zu leeren.

Das gute Stück ist nämlich unter Willems sachkundigen Händen entstanden, die die Kunstfertigkeit des erlernten Schmiedehandwerks nie abgelegt haben.
Nur die Schlüsselgewalt über dieses Prunkstück - die hat er abgelegt. Die befindet sich unwiderruflich in Christins schlagkräftigen Händen.
In diesem Geldschrank lagert nun der Briefumschlag mit den Bildern in sicherem Verwahr. Hufschmidt vertraut den zupackenden Händen der resoluten Wirtin. Diesen Händen, die nebenbei auch noch unübertroffen im Sammeln sind. Vornehmlich im Geld sammeln. Aber nicht nur Pinunsen sammelt sie. Christine hortet eigentlich alles. Angefangen bei Puppen und Dauerlebensmitteln, hört ihre Leidenschaft bei Schnapsflaschen und Perücken noch lange nicht auf. Die Krönung ihres Hobbys sind aber unbestritten neben ihren Strauchbesen von Haarersatz die Fünfmarkstücke, die sie an den unmöglichsten Stellen im Hause bunkert.
Nach der sechsten oder siebten Lokalrunde gibt Kröger Willem gestenreich wiedereinmal die Mobilheimbezahlgeschichte zum Besten. Es ist seine Art, den Umsatz anzukurbeln.

Eines Tages mußte ein Mobilheim her - Christines Traum vom ungebundenen Leben sollte sich erfüllen. Die Männer von Cawad liefern das Ungetüm, der Kaufvertrag wird ausgefertigt, und das Konto für die Geldüberweisung soll eingetragen werden.

„Dat bruuchste nich" - ist Christins kurzer Kommentar. Einwände seitens des Verkäufers wischt sie mit einem Blick über ihre Hornbrille vom Tresen.
„Dat Jeld kannste jlieks mitnemme - kumm man mit."
Nach zehn Minuten quält sich ein astender und pustender Verkäufer mit einer Stechkarre durch die Kneipe. Auf der Stechkarre befindet sich ein, bis obenhin mit Fünfmarkstücken gefüllter, Kanonenofen. Es war genau die Summe des Kaufpreises für das Mobilheim.

An Christins Gesicht kann die Runde unschwer erkennen, daß Willems Erheiterung der Gäste sich nicht ihrer ungezwungenen Zustimmung erfreut. Aber wie gesagt, das Trostpflaster vieler neuer Fünfmarkstücke dieser Nacht hilft ihr darüber spielend hinweg.

Wie lang der entgleiste Skatabend noch geworden ist, kann keiner der Akteure mehr so genau nachhalten. Auf alle Fälle sieht der grauende Morgen eine Reihe vierkantiger, brummender Schädel, die sich an ihre tägliche Arbeit begeben.

Kommissar Hufschmidt legt, auf seinem Weg in die Innenstadt, einen ersten Stopp an der Kaiserburg ein.
Die zehn Minuten Frischluftweg, vom Kleineforst herunter, haben ihm deutlich sichtbar wohlgetan. Sein Dienstwagen hat die lange Nacht auf dem Parkplatz hinter der Kneipe auch gut überstanden. Hufschmidt will erst einmal den Umschlag mit den Bildern aus der Sicherungsverwahrung in Christins Tresor befreien.

Dem kleinen Hilbers muß er nüchtern nochmal ein persönliches Danke sagen. Gestern Abend war das Ganze doch sehr promilleschwanger verboten.
Trotz der frühen Morgenzeit fuhrwerkt Christin schon zwischen ihren Blumen herum. Die Arbeit im Garten ist eine ihrer Lieblingsbeschäftigungen, natürlich neben Frikadellen produzieren und Sachen sammeln. Wer sie allerdings in dem rustikalen Wildwuchs, der ihr Häuschen umgibt, ausmachen will, der muß schon ganz genau hinsehen. Ein flüchtiger Betrachter könnte sie ohne weiteres für einen knorrigen Baumstumpf halten, auf den jemand eine Grassode abgelegt hat.
Hufschmidt unterbricht die Unterhaltung der Wirtin mit irgendwelchen imaginären Leuten. Zu sehen ist nämlich weit und breit kein anderer Mensch.
„Um diese Stunde komm ich normalerweise noch nicht in die Gastwirtschaft" - entschuldigt er sich für die Störung zu nachtschlafender Zeit. Für jemanden, der bis weit in die Morgenstunden hinter dem Tresen seinen Dienst versieht, ist es ja noch nachtschlafende Zeit.
*„Och - dat mäkt **mich** niks - **eech** wor ja nich besoffe"* - mit dieser lapidaren Feststellung bewegt sich der Baumstumpf, mit dem Gestrüpp auf dem Kopf, ziemlich flott vor ihm her in die Kneipe.
Als erstes wird Hufschmidt richtig schlecht, weil die gastfreundliche Christin ihm spontan einen **DB** anbietet. Natürlich nicht, ohne einen ihrer berühmten Kommentare loszulassen.

„Wenn dich dat na su eene Avend schlecht jeht, mußte dor wier mit aanfange wor de mit upjehüürt haas."
Lange Jahre Wirtinnenerfahrung streuselt aus ihren Worten.
Der Kommissar befolgt diesen Rat lieber nicht, sein Blut ist auch ohne Aufwärmer noch nicht ganz frei von Fahrverbotspromillen.
Über Funk bittet er Kollegen von der Schutzpolizei - die sich zufällig mit ihrem Streifenwagen in der Nähe befinden - sich des Dienstwagens anzunehmen.

Das kurze Stück Weg bis zur Bülowschen Villa will er lieber zu Fuß zurücklegen. Karin Müller erwartet ihn. Er hat sie vom Kneipentelefon aus informiert. Befremdlich ist es schon gewesen, sie mit Frau Bülow anzusprechen. Von der Hilberschen Supertat hat er kein Wörtchen erwähnt, das macht er lieber ohne Belauschmöglichkeiten dazwischen. Bevor er der Wirtin den Wagenschlüssel für die uniformierten Kollegen aushändigt, muß er noch schnell seine Dokumentenmappe aus dem Fahrzeug holen. Die Mappe sucht er dann im Inneren des Wagens allerdings vergeblich.
Als er Christin zweifelnd fragt, ob seine Mappe nicht vielleicht . . .? Weil, nach so einer Tour können ja schon mal gewisse Lücken . . . - unterbricht sie ihn leicht gereizt:
"Nää - du bis oan ding Tääsch rinkumme - dat han ich nu **janz jenau** jesinn."

Dabei mustert sie ihn empört aus dem Spalt zwischen Brillenrahmen und Perücke, als wenn es strafbar ist, ihre Beobachtungsgabe **überhaupt** in Zweifel zu ziehen.
Was muß er daraus schließen? Irgendjemand hat seine lederne Tasche schlicht und einfach aus dem Wagen **geklaut.** Aufbruchsspuren, wenn sie denn vorhanden waren, die hat er in seinem noch leicht benebelten Morgendenken wunderschön und laienhaft unbrauchbar gemacht.
Er sieht und hört schon die feixenden Kollegen hinter seinem Rücken schlangestehen.
Gott sei Dank hat vor dem Besäufnis sein siebter Sinn noch funktioniert, der ihn für den Brief mit den Bildern Christins Tresor wählen ließ.

Langsam dämmert es in seinem wiedererwachenden Denkapparat, daß der gestrige Misserfolg in seinem Büro jemand dazu veranlasst hat, sich in der Nacht seiner Unterlagen zu bemächtigen.
Und wo bot sich der Gegenseite die einzige Gelegenheit? In den Nachtstunden auf dem Parkplatz hinter der Kaiserburg.
Man hatte ihn und seine Truppe offenbar voll im Visier. Die Vorsichtsmaßnahmen, die er seit gestern Mittag ergriffen hat, erscheinen ihm schon fast als Fügung. Er ist heilfroh, seiner Maxime treu geblieben zu sein, nie einen Gegner zu unterschätzen. Vor allem keinen weitgehend unbekannten Gegenspieler.
Er benutzt noch einmal das Kneipentelefon, und informiert Karin Müller - alias Corinna Bülow - daß

sein Besuch bei ihr sich ein Weilchen verzögert. Aus persönlichen Gründen, wie er ihr mitteilt.

Karin Müller schwimmt nach dem Anruf in den tollsten Vermutungen über diese persönlichen Gründe. Sie sieht im Geiste Hufschmidt und Corinna durch die Betten toben - durch ihre Betten - und knabbert vor innerer Erregung an ihren gepflegten Fingernägeln herum. Seit ihrer Backfischzeit ist ihr so etwas nicht mehr passiert.
Wenn sie den wahren Grund für Hufschmidts zuspätkommen gewusst hätte, wäre ihr die aufwendige Nagelreparatur erspart geblieben. So aber läuft sie noch eine geschlagene Stunde, wie ein rolliges Tigerweibchen im Käfig, durch die riesige Bülowsche Villa.
Ähnlich fühlt sich Corinna. Zumal bei ihr ja auch noch die kriminaltechnische Routine fehlt.
Auch bei ihr - im Hochsicherheitstrakt für Junggesellen, hat der Kommissar von der Wirtschaft aus angerufen. Er hat sie als Karin Müller angesprochen - und sich für etwas später bei ihr zum Kaffee angemeldet.
In **ihr** sind keine klaren Bilder - sie weiß den Gefühlssalat in ihrem Inneren nicht so recht einzuordnen.
Seltsamerweise ist in ihrem Denken seit ein paar Tagen Werners Gesicht von anderen Gesichtszügen überlagert. Das denken an Wilt Hufschmidt läßt sie nicht mehr los. Jede, auch die allerkleinste Berührung von ihm, hat sie in ihrem Empfinden gespeichert. Sie lebt sie in den

einsamen Stunden nach, und freut sich auf die Kaffeezeit mit ihm.

Die angeforderten Spezialisten der Spurensicherung vom Jürgensplatz treffen um Nasenlängen vor den Streifenkollegen ein, die den Wagen vom Parkplatz hinter der Kaiserburg abholen sollen. Dieses Blitztempo haben sie wahrlich nicht immer drauf.
Ein kleiner Büdchenbetreiber, dem man den Kiosk ausgeräumt hat, der muß auch schon mal etliche Stunden warten, bis die Spurensicherung sich seiner erbarmt. Solange muß er seinen Laden halt geschlossen halten.
Ein erboster Bürger hatte kürzlich den Verdacht geäussert, man wolle den Tätern wohl genügend Zeit zum Verschwinden geben, und nach der Höhe der Provision gefragt, die die Polizei von der Mafia bekäme. Hufschmidt empfand das als starken Tobak. Obwohl - und da gibt es nichts zu beschönigen - in der großen Herde weißer Ordnungshüter gibt es auch schwarze Schafe. Er weiß aber auch, daß es die Ausnahme von der Regel ist. Mit einer von diesen Ausnahmen haben sie es im Moment höchstwahrscheinlich zu tun.

Nachdem die Kollegen der Spurensicherung den Wagen freigegeben haben, leiht Hufschmidt sich einen Kollegen von der Schutzpolizei als Fahrer aus.
Die Freude auf den Fußmarsch zur Bülowschen Villa ist ihm gründlich vergangen. Außerdem treibt es ihn, Karin Müller über die Vorgänge der letzten Stunden in

Kenntnis zu setzen. Sie ist der einzige Mensch, in dem riesengroßen Apparat Polizei, dem Wilt Hufschmidt bedingungslos vertraut.
Neben dem kleinen Hilbers, das muß er sich eingestehen. Soviel Loyalität und Scharfsinn hätte er niemals in einem Bürobotenkopf vermutet.
 Durch diese falsche Einschätzung des kleinen Hilbers war bei ihnen allen wohl ein falsches Bild entstanden - auch bei ihm. Hufschmidt konnte sich da nicht ausnehmen, wie er es freimütig bekennt.
Die kriminalistische Meisterleistung des nach Klein-Paris importierten Ostfriesen Hilbers muß indes noch eine Weile im Verborgenen bleiben.
Der Kommissar beabsichtigt nämlich, auch die besagten Bilder in der nächsten Zeit noch verborgen zu halten.
Den Aktentransporteur Jan hat er gestern Abend schon zum Schweigen vergattert. Die Worte, die er darauf verwendete, hätte Hufschmidt sich sparen können, denn Jan Hilbers hat sich von sich aus vehement dagegen verwahrt, daß sein Tun und Handeln - auch nur andeutungsweise - irgendwo erwähnt wird.
Wenn die Bilder bedeckt blieben, würde die gegnerische Seite mit Sicherheit ihre Truppen aktivieren, und alles daransetzen, um in den Besitz derselben zu gelangen.
Auf diese Weise hofft der Kommissar einigen Biedermännern die Hosen ausziehen zu können. Er will partout des Teufels Schwanzquaste für alle Welt sichtbar machen.

In der weiträumigen Garage des Bülowschen Hauses wird der noch leicht angeschlagene Hufschmidt von einem über die Maßen erfreuten Pollo begrüßt. Seine Freude bekundet er auf Hundeart. Er hebt ein Bein, und pinkelt dem Kommissar gehörig an die Hose.
Ein schnell wieder weggestecktes Grinsen blitzt, angesichts der feuchten Spur am Hosenbein des Kommissars, im Gesicht seines Fahrers auf. Es hält sich dort aber nicht lange, weil er nämlich mit der markierten, streng duftenden Hose flugs in die nächstgelegene Schnellreinigung geschickt wird.
Der Ärmste hat jetzt genau vier Minuten Zeit zu überlegen, wie er der von ihm angehimmelten, kessen jungen Frau, in dem Textilpflegegeschäft an der Benderstrasse, die Geruchsnote der Hose erklären soll.
Karin Müllers Herz schlägt indes ein paar Oktaven schneller, als sie das Objekt ihrer stillen Begierden in Boxershorts erblickt.
Aber ganz Dame, die sie nun einmal ist, unterdrückt sie eisern jedes äußere Zeichen ihrer inneren Erregung.

Um Corinna - die um die gleiche Zeit wie ein Vogel im Käfig durch Karin Müllers Wohnung im Tugendtempel am Zoo flattert - zu beruhigen, teilt er ihr über den Draht in knappen Worten, die einem kollegialen Verhältnis angemessen sind, sein etwas späteres Eintreffen mit.

Von dem Scherbenhaufen, den er damit in ihrem Gefühlsleben aufschichtet, hat der Gute auch nicht die leiseste Ahnung.
Wenn Corinna um den Grund für die Verspätung wüsste, wäre ihr wahrscheinlich wohler zumute. So aber läuft ihre Seele noch eine Weile barfuß über Stacheldraht.

In der Bülowschen Residenz bringt derweil ein starker Tee - der in der Farbe schon eher einem guten Kaffee ähnelt - Hufschmidts Denkvermögen wieder einigermaßen in die Richtung der Logik. In knappen Sätzen - unterbrochen von vielen Besinnungspausen - serviert er seiner Kollegin die Geschehnisse. Fein säuberlich geordnet, in der Zeit von ihrem gestrigen Auseinandergehen, bis zum jetzigen Zeitpunkt.
Einen Weiser in dem Gewirr der Wege kann die studierte Psychofachfrau auch noch nicht ausmachen. Dafür befindet sie sich im Moment wohl zu sehr auf eigenem Gefühlsglatteis. Jeder einigermaßen beschlagene Anwalt würde sie, wenn die ganze Sache ein Gerichtsverfahren wäre, mit Erfolg als befangen ablehnen.
Dieser Krautsalat des Empfindens hat Gott sei Dank keine - oder fast keine Außenwirkung, da sie ja noch eine Zeitlang als Corinna Bülow in der Festung am Grafenberger Wald ausharren muß.
Bis zum Ende dieser Quarantäne hat die Polizeipsychologin Karin Müller, mit etwas Glück, ihre

Gefühle sortenrein auf Häufchen gepackt - oder durch den Schredder der Entsagung geschickt. Je nach dem.
Mit einer frisch gereinigten, leicht nach Waschbenzin müffelnden Hose angetan, macht Wilt Hufschmidt sich nach gut anderthalb Stunde auf den Weg ins Zooviertel.

Sein uniformierter Kollegenfahrer hockt inzwischen erleichtert wieder am Neusser Tor, auf dem Beifahrersitz von Düssel 38.
Er macht sich bei einer gepfefferten Currywurst so seine Gedanken über die - wie er sie bei sich nennt - total durchgeknallten Kripo-Kollegen, und ist heilfroh, nicht jeden Tag mit ihnen zu tun zu haben.

Die Letztenachtpromille hatten in Hufschmidts Körper genügend Muße, seine Leber zu durchwandern, und haben sich inzwischen aus seinem Blut verabschiedet. Er darf mittlerweile ohne schlechtes Gewissen wieder selber das Lenkrad seines Dienstwagens in die Hand nehmen, um den Slalom durch den Parcour des Düsseldorfer Mittagsverkehrs hinter sich zu bringen.
Ein Doppelmaß nachtschwarzen Kaffees, und eine gehörige Portion Lachen über Pollos Liebesbezeugung, haben das schiefhängende Seelengefüge - das von Corinna ebenso wie das von Wilt Hufschmidt - wieder in eine senkrechte Lage gebracht.
Von den wieder aufgetauchten Bildern ihres Mannes erzählt er ihr nichts. Es geschieht wohl instinktiv, um nicht noch mehr Sorgenpfeile in ihr Herz zu setzen.

Nachdem er ihr eingeschärft hat, beim geringsten Anlaß nicht zu zögern, und seinen Notruf anzuwählen, ist das Präsidium sein nächstes Ziel.

Meyer, der schuhgeschädigte Assistent, überhäuft ihn - kaum das er Guten Tag gesagt hat - mit einem dicken Packen Papier. Es sind die Ergebnisse seiner Ermittlungen über den, wie er süffisant sagt:
"Schrottkäfer in der Zementmühle - der Todesfalle für anständige Schuhe von der Kö."
Wie tief muß es ihn getroffen haben - den schnieken, modebewussten Kriminalassistenten. Hufschmidt muß dagegen etwas tun. In der Absicht, die Stimmung bei seinem jungen Kollegen zu heben, und in seiner eigenen Freude über die sichergestellten Bilder, greift er in die Innentasche seines Jacketts. Er zieht zwei Billetts heraus, die er mit spitzen Fingern dem betrübt dreinschauenden Meyer über den Schreibtisch reicht.
Meyer greift vorsichtig nach den beiden Pappschnipseln. Ebenfalls mit spitzen Fingern, als wenn er einen neuen Anschlag auf sein Ego fürchtet. Nach einem schleichenden Blick auf das Äußere der Kärtchen, liest er den aufgedruckten Text laut vor.
„Eintrittskarten für das Spiel Düsseldorfer EG gegen Kölner Haie, am Samstag um 15.00 Uhr im Eisstadion an der Brehmstrasse – Sitzplätze auf der Tribüne links"
Es hört sich an, als wenn jemand vom Mars eine Wegbeschreibung zum Mond buchstabiert.

„Aber die Karten sind doch schon längst ausverkauft" - ungläubig schaut Meyer seinen Chef an - *„ich konnte mich ja nicht rechtzeitig um Eintrittskarten bemühen, weil ich Überstunden . . . !"*
Hufschmidt weiß um die Begeisterung seines Assis, wenn es sich um Eishockey dreht, und läßt seinen Adlatus deshalb gar nicht ausreden
„Ja eben - mein Lieber. Ich hab mir gedacht, der Meyer kann viel ungestörter in der Zementmühle ermitteln, wenn er sich nicht auch noch stundenlang an der Stadionkasse für Eintrittskarten anstellen muß."
Er gebraucht für den Fundort des Käfers bewußt den Ausdruck seines Untergebenen, und lächelt ihm damit honigsüß in die Sportlerseele. Schlagartig hat der seinen Groll über die zementierten Sonntagsschuhe vergessen.
Dass er die Karten schon sechs Wochen in der Tasche hat, und liebend gerne selber mit seinem Nachbarn aus dem Kleineforst auf der Tribüne sitzen würde, behält er tunlichst für sich.
Jetzt muß er seinem Skatbruder nur irgendwie beibringen, dass die Eintrittskarten für das Eishockeyspiel bedauerlicherweise abhanden gekommen sind. Er sieht als Entschädigungsleistung für dieses Malheur schon wieder ein reelles Besäufnis bei Willem und Christin in der Kaiserburg auf sich zukommen. In solchen Dingen sind die Brüder unerbittlich.

In diese Gedanken hinein erwacht das Telefon auf der Tischplatte zum Leben. Es ist ein grässlicher Ton, der

aus dem Plastikgehäuse in die Umwelt zittert. Bevor er den Hörer abhebt, bittet er Meyer - der ebenso zusammengefahren ist wie er – doch bei Gelegenheit die Toneinstellungen zu ändern. Meyer ist in ihrem Büro der Spezialist für höhere Technik. Dem Kommissar selber geht das Verständnis für derlei modernen Schnickschnack völlig ab.
Drei verschiedene Knöpfe für einen simplen Vorgang drücken zu müssen, bedeutet für ihn schon seelischer Terror.
Seine Stärke liegt in der Hand - er bringt mit Begeisterung Buchstaben zu Papier. Mittels Füllfederhalter und Tinte. Als fanatischen Schönschreiber hat ihn mal einer der Kollegen betitelt. In seiner knappen Freizeit bastelt er mit Vergnügen an Erzählungen herum - wenn er nicht gerade in seinem Angelboot irgendwo auf einem Gewässer hockt. Er betrachtet seine Fischverrücktheit gewissermaßen als Ausgleich, für seine nicht gerade romantische Alltagstätigkeit.
Nach dem sechsten nervtötenden Klingelton fasst er mit grimmigem Gesichtsausdruck nach dem Hörer. Wenn ihn der Anwählende am anderen Ende sehen könnte – er würde wahrscheinlich vor Schreck den Hörer gleich wieder auflegen.
„Mahlzeit - mein lieber Hufschmidt" - klingt es irgendwie verdreht aus der Membrane des Plastikknochens.
Kriminalrat Pöppelschneider, der Sesselpupser, ist am Apparat. Sesselpupser heißt er wegen seiner Überzeugung, von seinem Bürostuhl aus eine bessere Über-

sicht zu haben, als seine laufenden Bataillone im Fronteinsatz

„Ich hätte sie mit Wonne schon heute morgen um acht Uhr in mein Büro gebeten, aber wie ich beim Frühstück in der Kantine hörte, ging es Ihnen um die Zeit noch nicht so allerbestig."

Hufschmidt kann die schmierige Ironie in seines Vorgesetzten Stimme mit den Händen greifen - und denkt verhalten: Zumindest funktionieren die Buschtrommeln noch in diesem Scheißladen. Laut dagegen sagt er:

„Aber sie wissen doch selbst, Herr Kriminalrat - schwierige Ermittlungen erfordern oftmals besondere Maßnahmen."

Gerade über diese Ermittlungen will der geübte Sesselsitzer mit ihm reden. Auch das noch.

Hufschmidt hat kein gutes Gefühl in der Magengegend, als er sich in den vierten Stock aufmacht. In die Löwengrube - wie die Chefetage von allen, die darunter residieren, respektlos ehrfürchtig genannt wird.

Kriminalrat Pöppelschneider thront beim eintreten Hufschmidts in seiner ganzen Breite und Tiefe hinter seinem imposanten Schreibtisch. Vor dieser Masse Mensch versinkt aber das Monstrum von Vorzeitmöbel fast in die Bedeutungslosigkeit.

Der Kriminalrat hält sich für den größten Fachmann auf dem Gebiet der Verbrechensbekämpfung - der einen Meter siebzig nach drei Seiten messende Pöppelschneider. Der einzige Sproß einer Schmierseifendynastie vom Niederrhein, der auf gut gefetteten Beziehungsbahnen nach Abschluss eines mittelmäßigen Studiums, die Karriereleiter hoch, in dieses Amt gerutscht wurde.

Pöppelschneider sen. hatte seinerzeit Berühmtheit erlangt, wegen seiner selbstlosen und großzügigen Spenden an notleidende Politiker.

„Also - mein lieber Hufschmidt" - immer wenn der Kriminalrat Pöppelschneider eingangs „mein lieber" sagt, kann derjenige, den er so anspricht, sicher sein, das massige Lebewesen, in dem Ungetüm von Sessel, wälzt irgendwelche hinterfotzigen Gedanken in seinem Schädel.

„Also - mein lieber Hufschmidt - wie weit sind eigentlich ihre Ermittlungen in der Sache Bülow gediehen? Ein sehr interessanter Fall übrigens."

Pöppelschneiders kleine Schweinsaugen bekommen einen hinterhältigen Glanz, als er den Kommissar damit fixiert.

„So ein bißchen treten wir auf der Stelle - um es einmal vorsichtig auszudrücken."

Hufschmidt stapelt bewußt in die Tiefe. Er erwähnt kein Wort von der Bildergeschichte des vergangenen Tages. Scheinbar völlig desinteressiert, spricht der Sesselpupser aber gerade diesen Vorgang an.

„Da sind doch vorgestern Bilder aufgetaucht - aus München - wenn ich recht informiert bin . . . ?"

Das Ende des Satzes verschluckt er.

*"Soweit sind Sie schon richtig informiert - **nur**, die Bilder sind gestern von meinem Schreibtisch verschwunden - während ich in der Sache nach Dormagen unterwegs war."*
Hufschmidt knickt förmlich ein, und verbreitet gleichzeitig in seinem Gesicht eine tiefe Enttäuschung über die entwendeten Bilder.
"Ich konnte mich leider auch vorher nicht mehr damit befassen" - fügt er noch, äußerst schuldbewusst dreinblickend, hinzu.
Flüchtete da nicht ein zufriedenes Aufatmen aus dem feisten Kopf ihm gegenüber?
Hufschmidt ist sich nicht sicher, ob seiner Wahrnehmung. Vielleicht sehe ich auch schon weiße Mäuse - oder an jeder Ecke schwarze Männer. Er weiß im inneren, daß er damit im Grunde nur seine aufkommenden Zweifel, an der Lauterkeit seines Vorgesetzten, zerstreuen will
"Da werden die Kollegen vom LKA aber äußerst betrübt sein" - der Fleischkoloss von Vis a vis läßt seinen Worten Zeit, sich in des Kommissars Begreifen einzunisten.
"Wieso LKA?" schickt der die Frage zurück über den Tisch.
"Das Dezernat sieben - die Politischen - haben sich der Sache angenommen - leider, mein lieber Hufschmidt, leider" - hört er tiefbetrübt aus der Fettmasse. *"Wir sind ab sofort außen vor."* Er sagt wir - wie alle Nutzer fremder Fahnen.

Man hört sofort, daß dies eine dienstliche Anweisung ist - der Ton des Kriminalrates hat sich geändert - schließt jede Diskussion von vornherein aus. Hufschmidt kennt die Anzeichen. Sein mulmiges Gefühl in der Magengegend hat ihn also nicht getrogen.
Er ist innerlich zufrieden, weil er Meyer den Bericht über seine Ermittlungen in doppelter Ausfertigung hat machen lassen. Eine davon befindet sich schon im doppelten Boden seiner unteren Schreibtischlade, von der nicht einmal Meyer etwas weiß.
Die hat er während eines ruhigen nächtlichen Bereitschaftsdienstes mal selber eingebaut. Einfach so - und jetzt plötzlich erweist sich dieses scheinbar spinnerte Umsetzen einer Jugendidee als äußerst nützlich.
*„Ich möchte Sie bitten, den Kollegen vom LKA behilflich zu sein - bei der **vollständigen** "* - er betont vollständigen auf eine eigentümliche Weise - *„bei der **vollständigen** Übernahme der Akten. Die Herren Schröder und Krasnek befinden sich bereits in ihrem Büro. Ich seh Sie nachher auf der Konferenz. **Und sorgen Sie dafür, daß Meyer nicht aus der Rolle fällt.**"*
Meyer und einer der Herren vom LKA - es ist der angeberische Krasnek - können sich nämlich nicht riechen. Krasnek hat Meyer vor Jahren einmal auf unfeine Art eine Frau ausgespannt.
Mit dem Hinweis auf die Fallsüchtigkeit seines Assistenten ist Hufschmidt ohne viel Federlesens entlassen. Auch eine Art, seinen Untergebenen zu zeigen, daß sie Untergebene sind.

Als Hufschmidt fröhlich pfeifend die Tür zum Vorzimmer hinter sich schließt, steht im feisten Gesicht des Kriminalrats ein großes Fragezeichen. So kennt er ja seinen Dezernatsleiter überhaupt nicht.
Der fettleibige Pöppelschneider hat zumindest mit einer längeren Diskussion - wenn nicht sogar mit heftigem Widerspruch - gerechnet - und jetzt verschwindet der, an die kurze Kette gelegte Kommissar, mit einem Lächeln im Gesicht aus **seinem** Thronsaal, als wenn er gerade mit einem riesengroßen Furz quälende Blähungen losgeworden ist. Schweinchen Dick versteht die Welt nicht mehr.

Zwei Stockwerke tiefer lösen sich Hufschmidts Bedenken in Bezug auf Meyers Verhalten in Wohlgefallen auf.
Die Kollegen vom LKA sind tatsächlich schon in seinem Büro.
Aber statt der erwarteten Spannung zwischen Meyer und Krasnek findet er drei leutselig beisammenstehende Männer vor - jeder mit einem Glas in der einen, und mit einem Zigarillo in der anderen Hand.
Statt vergifteter Wortpfeile empfängt ihn herzhaftes Gelächter. Meyer gibt gerade einen seiner nicht stubenreinen Witze zum Besten - und so ziehen die beiden LKA-Strategen nach kurzer Zeit, mit einem Handkoffer voller Ermittlungsakten, zufrieden ihres Weges.
Der vergnügt vor sich hinträllernde Meyer spült mit wahrer Begeisterung die benutzten Gläser.

Das ist eine Verrichtung, die der Kommissar normalerweise immer erst -zigmal anmahnen muß. Seltsame Veränderungen stellt er bei seinem Meyer heute fest.
Hufschmidt wartet mit Interesse auf eine Erklärung seines vergnügt vor sich hinschmunzelnden Assistenten. Der aber macht gar keine Anstalten, etwas derartiges von sich zu geben.
Minutenlanges Schweigen dreht sich im Raum - solange, bis des Kommissars Wissensdurst die Oberhand gewinnt. Er ist ja nicht **mehr** neugierig wie ein normaler Kriminalist, aber eine seiner hervorstechendsten Eigenschaften ist, daß er alles wissen muß. Auch das ist ein Teil seines Ostfriesenblutes.
*„Na - Meyer, nun holen Sie mich schon rauf - auf den Baum der Erkenntnis. Wenn sie ihrem Erbfeind schon **meine** Zigarillos andienen und **meinen** Weinbrand kredenzen, dann möchte ich wenigstens teilhaben an den Freuden ihres Sinneswandels."*
Während er seinen Vize auf diese Art ermuntert, legt er seine Füße auf den Schreibtisch. Es ist eine eigne Art von ihm, gelöste Stimmung zu verbreiten. Meyer dreht erstmal zwei Runden auf seinem Sessel, bevor er mit breitem Grinsen kund tut:
*„Ich hab' den beiden Oberschlauen die Kopien aus ihrem Geheimfach natürlich **nicht** mitgegeben - sonst würden wir jetzt ja völlig nackend dastehen. Wie sähe **das** denn aus."*
Meyer feixt still vor sich hin, als er das sagt.

„Ich kenn doch meinen Chef - der steckt doch nicht so einfach auf."
Über Meyers Offenbarung, daß ihm die Spielerei seines Chefs bekannt ist, verliert Hufschmidt nicht ein Sterbenswörtchen. Er übt sozusagen Kulanz im eigenen Interesse.
„Aber was besseres hab ich den beiden von der Akademie mitgegeben - dafür benötigte ich als Transportmittel aber ihren Weinbrand."
Meyer muß sein kräftig hin- und herschaukelndes Zwergfell erst wieder zur Ruhe kommen lassen.
*„Der Kollege Schröder hat ein Schlafmittel, und der liebe Krasnek ein Abführmittel im inneren Rucksack. Wenn Krasnek sich nachher die Hosen vollscheißt, stört den Schröder das nicht im Geringsten, weil **er** dann nämlich friedlich schläft."*
Der Schluck Kaffee, der gerade aus dem Kaffeebecher in Hufschmidts Mund gelandet ist, findet sich in tausend kleinen Tröpfchen irgendwo im Raum wieder.
Nachdem er seinen Lachanfall überwunden hat, und wieder zu Atem gekommen ist, schlägt er Meyer krachend auf die Schulter:
„Mensch Meyer - soviel Clevernis hätt ich Dir gar nicht zugetraut."
In diesem Moment sind sie beim du - wie zwei Schuljungen, denen ein grandioser Streich gelungen ist.

Das Thema ist damit vorersteinmal auf Eis gelegt. Hufschmidt hört nämlich aus seinem Bauch heraus ein

Knurren, als wenn ein Wolf mit leerem Magen hinter einem Schaf herschleicht. Die ganze Bredouille vom Vormittag hat ihn an Essen überhaupt nicht denken lassen.

„Meyer - komm, laß uns mal auf 'nen Sprung in die Kantine reinhorchen - sonst beiß ich nachher auf der Konferenz dem Sesselpupser vor Kohldampf noch in den Specknacken."

Dieser Aufforderung kann Meyer ja nun gar nicht widerstehen, zumal noch ein: *„Das Essen geht auf meine Rechnung"* hinterherkommt.

Der schlaksige Meyer leidet nämlich doppelt chronisch - einmal an leichter Sparsamkeit - Geizkragen hörte man häufig - und zum anderen an unbändiger Esslust.

Irgendjemand aus dem Kreis der lieben Kollegen hat schon mal den leisen Verdacht laut werden lassen, dass Meyer wohl einen Bandwurm zum Partner hätte.

Der erste, dem sie in der Kantine in die Arme laufen, ist Kriminalrat Pöppelschneider. Mittagszeit und Kantine gehören ja zusammen, aber Pöppelschneider hätten sie auch zu jeder anderen Zeit hier antreffen können. Der Dicke aus der Führungsetage hat nämlich ein Dauerabonnement - wie gemunkelt wird. Nach dem Motto: im Dutzend billiger verzehrt er nämlich die Koteletts gleich Strangweise.

Hufschmidt und Meyer kommen auf jeden Fall nicht so ohne weiteres an dem quadratischen Fleischberg vorbei.

„Na, meine Herren - ich hab ja gar kein Kampfgetümmel gehört - sind sie friedlich mit unseren Kollegen vom LKA zurecht gekommen?"
Pöppelschneiders Stimme klingt ähnlich betrübt, wie die eines Finanzbeamten, wenn der von Steuererstattung spricht.
Tatsächlich ist der Dicke noch ohne persönliche Informationen darüber, wie die Sache in Hufschmidts Büro abgelaufen ist.
Das ist ein ungewöhnlicher Vorgang, denn normalerweise funktionieren die Nachrichtenkanäle prompt. Er - Pöppelschneider - hat aber zu seinem Bedauern noch nichts von seinen Spezis vom LKA gehört. Meyer dagegen muß mit Gewalt sein Zwergfell festhalten, weil es erneut Anstalten macht, in unkontrollierte Schwingungen zu geraten.
„Es ist alles in bester Ordnung. Sie hatten doch wohl nichts anderes erwartet?"
Mit dieser Antwort rettet Hufschmidt die Situation, denn der Kriminalrat entläßt sie mit einer huldvollen Bewegung seiner Wurstfinger. Auf diese Frage seines Dezernatleiters mag er wohl doch nichts entgegnen.

Aus der Hochstimmung der letzten Ereignisse heraus zeigt sich der Kommissar großzügig.
Die retortenähnliche Speisekarte, wie sie in den meisten Behördenkantinen zu finden ist, die vermisst man hier.
Der Kantinenpächter versteht sein Handwerk. Für seine Freunde nicht weiter verwunderlich, denn die Weihen

seines Berufes hat er im ehrwürdigen Kurhotel Kaiserhof auf Norderney - vom legendären Wilfried Rath - empfangen. Man kann getrost sagen, er ist ein Koch erster Güte. Durch die Liebe seines Lebens ist er hier im Affenstall - wie er das Polizeipräsidium am Jürgensplatz für sich getauft hat - gelandet.
Wenn es nach seinem Schwiegervater gegangen wäre, säße er jetzt vermutlich irgendwo in einem Mahagonipalast hinter einem Schreibtisch, um die Knüppelheimschen Küchenbetriebe zu managen. Das wäre nichts für ihn. Zwei Jahre lang hat er mit seiner Frau in der pompösen Villa ihrer Eltern gelebt. Obwohl das Haus riesig war, hatte er sich ständig eingeengt gefühlt. Jede Geste der Schwiegereltern gab ihm zu verstehen: Du hast in ein Millionenvermögen eingeheiratet. Irgendwann hatte es ihm dann gereicht.

Dem ewig hungrigen Meyer läuft schon beim bloßen Anblick der Buchstaben auf der Karte das Wasser im Munde zusammen.
Steckrüben mit Schmoortaal steht an der Stelle, an der seine Augen einrasten. Als wenn der Kommissar Meyers Gedanken lesen kann, schlägt er im gleichen Moment genau dieses Gericht vor.
Es ist stets sein Standardessen, wenn er im Urlaub von der Krummhörn aus mal einen Abstecher nach Sillenstede macht, um bei Verwandten reinzuschauen. In einer versteckten Ecke dieses Dörfchens verbirgt sich ein

kleines Restaurant. Es ist eher ein Geheimtipp für Eingeweihte, das Antiquitäten - Café.
Der Kantinier ist dann und wann Wilt Hufschmidts Begleiter in den Norden, wenn der seiner Sehnsucht nach Ostfriesland freien Lauf läßt. Man sieht es dem Menüplan, und dem verfressenen Kriminalrat an, denn ein gutes Teil seiner Pfunde hat der Rat sich hier in der Kantine angefuttert.
Meyer steht dem Drankfass Pöppelschneider heute in nichts nach. Drankfass - diese Bezeichnung hat Hufschmidt dem Schmierseifensprössling angehangen, und zwar in Erinnerung an die Futtertonne im Schweinestall seiner Großeltern. Er wundert sich nur wieder mal aufs Neue, wie auch in die Bohnenstange Meyer solche Gewaltsmengen an Nahrung hineinpassen.
Dreimal hat das Klappergerüst schon zugelangt, und noch immer schielen seine Glubscher begierig nach der dampfenden Schüssel. Hufschmidt amüsiert sich inwendig über dieses Phänomen - sein hagerer Spezi kann noch soviel in sich hineinschaufeln - man hört seine Knochen schon klappern, fünf Minuten bevor man ihn zu Gesicht bekommt. Aus diesem Grunde kann Meyer auch nur im Winter observieren, wenn ein dicker Mantel um ihn zu die Geräusche dämpft.

Für den Nachmittag zieht Meyer sich auf Anordnung Hufschmidts in eine stille Ecke zurück - eine Fleißarbeit erledigen. Der Abschlußbericht über den, zum LKA

abgezogenen Fall Bülow muß bis morgen früh abgeliefert sein.
Der Kommissar nimmt sich für den Rest des Tages offiziell frei. Der Berg seiner Überstunden reicht mit Sicherheit schon über den Gipfel des Matterhorns hinaus.
Er nimmt sich heute die Freiheit, von der Fahrbereitschaft einen unauffälligen Wagen zu entleihen. Von kriminellen Besitzern konfiszierte Wagen stehen in Masse in der großen Halle.
Einen britischen **Daimler** dient ihm der Schirrmeister - übrigens einer seiner Skatbrüder - an. In einer anderen Stadt wäre so ein Gefährt natürlich kein unauffälliges Fahrzeug, aber in Düsseldorf gehört es zur Norm. Besonders in den Stadtvierteln, in denen er sich heute Nachmittag zu bewegen gedenkt.
Geräuschlos wie ein Schweizer Uhrwerk lebt der Motor im inneren dieses bordeauxroten Prunkstücks. Man hört ihm seine fünfzig Jahre Erdendasein nicht im Geringsten an.
Wie viele gebrochene Fixernaturen mögen das Prachtstück wohl bezahlt haben - läuft ihm als Gedanke durch den Bauch, als er sich in die Polster aus Antilopenleder sinken läßt. Einem geschassten Drogenboss aus der Szene hat der **Daimler** nämlich zugehört, bevor er hier landete - und nun auf seine Versteigerung wartet.

Auf seinem inneren Terminkalender steht als erstes Grafenberg - Kaiserburg. Er ist darauf versessen, endlich die Bilder in die Hand zu bekommen, und mehr darauf zu sehen als gestern Morgen durch die anderthalb flüchtigen Blicke. Den zweiten Blick konnte er ja nicht einmal zu Ende sehen, weil die Dormagen Geschichte dazwischen reintappte.

Heute Morgen hinderte ihn dann der ominöse Mappenklau daran, die Bilder aus dem Tresor zu holen, und näher zu betrachten. Das wird er nachher, gemeinsam mit Karin Müller, in der Bülowschen Villa nachholen.

Den **Daimler** läßt Hufschmidt bei Christin gegenüber auf dem Krankenhaus Parkplatz stehen - da befindet er sich in Gesellschaft von seinesgleichen. Bei Hunscher mit diesem Auto vorfahren - das mußte denn doch nicht sein. Seine Nachbarn könnten wohl annehmen, er wäre größenwahnsinnig geworden, und Christin würde unter Garantie fragen: *„Na, Jung - heste im Lotto jewunne?"*

Dem allen geht er mit ein paar Schritt laufen aus dem Wege.

Er platzt mitten in die Skatrunde der lustigen Witwen, die jeden zweiten Tag zur Kaffeezeit sich hier gegenseitig die Pfennige abluchsen.

Da er unter diesen fröhlichen Tanten ja kein Unbekannter ist, schallt ihm schon bei seinem Eintreten ein fröhliches Hallo entgegen.

„Jung - kumm her – hier kaansde jlieks mitdunn" fordert die Schusterswitwe Ella Pannebakker ihn auf, mitzuspielen.

Spaßeshalber, natürlich.

Willem ist gerade dabei, einen Vorrat an **DB** zu mixen. Bis der Abgespritzte die richtige Mischung erreicht hat, tröpfeln notgedrungen schon einige Kostproben davon über seine Zunge. Die Freude, einen Mitverkoster hereinkommen zu sehen, steht ihm ins Gesicht geschrieben. Hufschmidt kann leider keinem der freundlichen Menschen zu Diensten sein. Lässt sich aber von Christin gern zu einem Kaffee einladen. Der Duft von frischen Muzenmandeln steigt ihm verführerisch in die Nase. Bei Christin läuft dieses Jahresabschlussgebäck das ganze Jahr über aus dem Backofen.

Nach zwei Tassen Kaffee, fünf Muzenmandeln und einem beherzten Griff in Christines Heiligtum - womit natürlich der Tresor in der Küche gemeint ist - verläßt er die gemütliche Gaststube.
Zehn Minuten später steigt er in der Wagenhalle der Bülowschen Villa aus seinem hochherrschaftlichen Gefährt.
Pollo, der ihn wieder freudig erregt begrüßt, hält er vorsichtshalber mit den Händen auf Distanz. Er hat sich schon mit dem Gedanken getragen, in Zukunft eine Reservehose mitzunehmen. Wenigstens so lange, bis die beiden Frauen ihre Wohnungen wieder tauschen können.
Die Bilder kommen erst auf die Tafel, nachdem Hufschmidt mit seinen Schilderungen der Geschehnisse im Präsidium Karin Müller dreimal ringsum zum Lachen gebracht hat.

Während ihres Kollegen wortreicher Erzählung hat sie sich bei einem heftigen Lachanfall tatsächlich ins Höschen gepinkelt. Ohne das Hufschmidt es bemerkt, ist dieses kleine Malheur schnell wieder aus der Welt geschafft.

Der große Tisch im Bülowschen Esszimmer hat sich in eine Bühne verwandelt. Über die weitläufige Tischplatte verteilt liegen die Bilder. Die Aufnahmen sind unverkennbar mit einer versteckten Kamera unter äußerst schwierigen Bedingungen aufgenommen worden.
Solche Schnappschüsse kann nur ein Könner von Fotograf - der zudem noch alles aufs Spiel setzt - zustande bringen.
Den beiden Bundestagsabgeordneten, die er gestern schon beim flüchtigen hinsehen erkannt zu haben glaubte, können sie zweifelsfrei Namen zuordnen - zumal die Anfangsbuchstaben der abgelichteten Personen auf den Rückseiten vermerkt sind. Auf allen Bildern sind diese beiden Köpfe zu sehen - immer mit anderen Gesprächspartnern.
Jetzt gilt es, die Identität der Miteinanderredenden festzustellen. Drei der Personen kennt Karin Müller. Bei einem von der Landesregierung geheimgehaltenen Besuch in Deutschland, gehörte sie zum Schutzschirm dieser Herren. Als psychologischer Notanker für die gestressten Kollegen.
Zwei hochkarätige Mitglieder der tschetschenischen Widerstandsbewegung nennt sie ihrem Kollegen. Der

dritte Namensträger wird unter der Hand in informierten Kreisen als Drahtzieher eines Drogenkartells gehandelt.
Nach diesem unverhofften Anfangserfolg, sind Hufschmidt und Karin Müller fest entschlossen am Ball zu bleiben, intern und entgegen der ausdrücklichen Dienstanweisung ihres Chefs.
Getreu Karin Müllers lockerer Devise:
„Was interessiert mich, wenn in China ein Schwein La Paloma pfeift."

Solo, und im Alleingang, wird es ein schwieriges Unterfangen werden. Meyer kann man mit einbeziehen. Meyerlein hat sich durch seine Großtat vom Vormittag eindeutig qualifiziert - und der kleine Hilbers, schießt es Hufschmidt unversehens ein. Der kleine Hilbers hat im Präsidium überall Zugang - unauffällig und natürlich.
Sogar beim Sesselpupser stehen ihm jederzeit die Türen offen - auch - oder besonders wenn der nicht da ist. Und das alles, ohne den Umweg über den allgewaltigen Vorzimmerdrachen gehen zu müssen.
Hufschmidt nimmt sich vor, Jan Hilbers morgen zu sich nach Hause einzuladen.
Karin Müller muß unbedingt ihre angestammten Beziehungen mit ins Boot bringen. Das funktioniert aber nur, wenn sie sich frei bewegen kann. Allein aus dem Grunde muß das Bäumchen-wechsel-dich Spiel beendet werden.

Nur, wie sie es bewerkstelligen sollen - dazu fehlt den beiden Ratsuchenden noch der nötige Einfall.
Karin Müllers Zeit beim politischen K. hat sie in Kreisen heimisch werden lassen, zu denen ein Normalsterblicher nicht einmal eine Besucherkarte bekommt.
Karin Müller will den heutigen Abend - den sie mit Pollo - mit Corinnas Pollo - noch in der Abgeschiedenheit der Bülowschen Villa zubringen muß, nutzen um ihr Gedächtnis zu durchforsten. Jede kleine, noch so unwichtig erscheinende Verbindung kann ein Steinchen im Mosaik des Geschehens sein

Der Nachmittag läuft schon gemächlich den westlichen Himmel herunter, als Hufschmidt den **Daimler** auf die Rennbahnstrasse lenkt. Der einsetzende, dichte Feierabendverkehr macht ihm heute nicht das Geringste aus.
Das königliche Automobil, das ihn durch die Straßen der Landeshauptstadt trägt, läßt ihn für einige Momente alles andere vergessen. In so einer Kutsche könnte man zur Not wohnen.
Dabei denkt er gleichzeitig, daß es den Obdachlosen - allein in der Rheinmetropole sind es Tausende - wohl wie blanker Hohn erscheinen müßte.

Bei Corinna, in der Wohnung am Zoo, wird er mit einer Herzlichkeit empfangen, wie er sie nur aus den Erinnerungen an Zuhause kennt.
Bis jetzt hat er gedacht, in seiner Ungebundenheit ein wunderbares Leben zu führen. Plötzlich erscheint ihm

sein bisheriger Alleingang durch die Zeit, gegen die Traumbilder der letzten Tage, wie ein Gemälde ohne Farbe.

Corinna hat es fertig gebracht, in der ihr fremden Küche einen Kuchen auf die Beine zu stellen, bei dessen Anblick Hufschmidt das Herz aufgeht. Sie, die Kaffeetrinkerin, hat sogar einen Tee aufgebrüht, der jeder ostfriesischen Hausmutter die Anerkennung ihrer Nachbarn einbringen würde.

Natürlich muß er mit Corinna einiges besprechen. Besonders die Tatsache, daß die Zuständigkeit für den Fall bei den Beamten vom LKA gelandet ist..

Ein Schleier der Betrübnis legt sich angesichts dieser Nachricht über ihr eben noch unbeschattetes Gesicht - der sich gleich wieder verflüchtigt, als sie aus seinem Munde hört, das ihr kleiner Kreis außerhalb des normalen Dienstweges weiter ermittelt.

Verhaltensregeln braucht er Corinna nicht vorzukauen. Ihre jahrelange Tätigkeit als Redaktionsleiterin hat ihr den richtigen Umgang mit Behördenvertretern - gleich welcher Couleur - in Fleisch und Blut übergehen lassen. So wird sie auch die zu erwartenden Besuche von Schröder und Krasnek meistern, über deren `kleines Glück' sie übrigens genauso herzhaft - und mit dem `gleichen Erfolg' wie kurz zuvor Karin Müller - gelacht hat. Auch sie benötigt dringend ein neues Höschen. Nur geht sie etwas ungezwungener mit dem Geschehen um - sie läßt es Hufschmidt wissen. Was dem wiederum neben einem befreiten Lachen einen ganzen Waggon

herzlicher Röte ins Gesicht treibt. So schmetterlingshaft hat er sich seit seiner Tertianerzeit nicht mehr gefühlt.
Nachdem er zwei riesige Stücke der phantastischen Sahnetorte verputzt hat, schreibt er sich in sein inneres Notizbuch eine Wiegekontrolle für heute abend.
Die Steckrüben und der Räucheraal mit Nachschlag heute mittag, die Muzenmandeln bei Christin, das herrliche Souffle' bei Karin Müller in der Bülowschen Villa und jetzt die Sahnetorte von Corinna – das muß ja Spuren hinterlassen.
Ihm fällt selber auf, das er denkt: 'von Corinna' - während die anderen Schlemmereien, die er sich einverleibt hat, als 'bei' durch sein Aufzählen ziehen. Er ist zwar kein Psycho-Spezialist wie Karin Müller, aber die Schlussfolgerung aus diesem Denken würde sich bei ihr wohl nicht viel von seiner eigenen unterscheiden.

Während Corinna und Hufschmidt sich das 'kleine Glück' von Schröder und Krasnek bildhaft ausmalen, sitzen die beiden in ihrem Büro im LKA. Und zwar mittendrin in einem riesigen Schlamassel. Das normale Dienstende ist schon eine geraume Weile an den beiden vorübergezogen. Sie sind beileibe keine Überstundenschieber - trotzdem brennt noch das Licht in ihren vier Wänden im dritten Stockwerk des Landeskriminalamtes. Der stenzige Krasnek ist froh, daß im Hause, trotz der frühen Abendstunde, schon relative Ruhe herrscht. Würde noch jemand zu den beiden reingeschneit kommen - ihrer beider Reputation unter den Kollegen wäre mit Sicherheit zum Teufel.

Was ist geschehen an diesem herrlichen, denkwürdigen Spätnachmittag?

Schröder ist eine halbe Stunde vor Feierabend sanft in seinem reichlich unbequemen Schreibtischsessel eingeschlummert. Von Schlummer kann eigentlich nicht die Rede sein - er schnarcht in den schönsten Tönen. Jeder kanadische Holzfäller würde wohl vor Neid erblassen.

Bei dem anstrengenden Bemühen Krasneks, seinen Kollegen in die Welt des Feierabends zurückzuholen, ist dem feinen Pinkel etwas passiert, daß er am liebsten in die Welt der Fabel verbannen möchte. er hat sich schlicht die Hose vollgemacht.

Das teure Stück vom besten Herrenausstatter auf der Kö hängt, ziemlich lädiert, und gar nicht mehr gentlemanlike, wie ein nasser Lappen über dem Heizkörper. Seine Boxershorts hat er gleich nach dem Auswaschen naß wieder angezogen, und wandert nun wie ein Tiger im Käfig um seinen sägenden Kollegen herum.

Seine ziellose Wanderung wird alle paar Minuten von einem beherzten Sprung in die angrenzende Nasszelle unterbrochen, in der sich dann mit Donnergetöse sein rumorendes Innere erneut Luft verschafft.

Eine lange, vergnügliche Nacht verbringen die beiden so an ihrem Dienstplatz.

Der heraufziehende Morgen sieht einen zerknitterten, knochensteifen und brummschädeligen Schröder in seinem Schreibtischsessel erwachen, und einen ver-

zweifelten, über die Maßen übelriechenden Krasnek an seinem Schreibtisch hocken.
Zu allem Überfluss schaut auch noch kurz nach sieben ein fröhlich pfeifender Kollege durch die Tür.
Eigentlich will er den beiden nur einen fröhlichen guten Morgen wünschen. Statt des Guten Morgen hört man denn aber bloß:
„Oh Gott - was stinkt es bei euch" - bevor er blitzschnell vor Krasneks heran fliegenden linken Schuh die Tür wieder ins Schloß zieht. Krasneks linker Schuh deshalb, weil der rechte, der sich der gleichen Prozedur wie seine Hose unterziehen mußte - nun ziemlich beleidigt und eingelaufen neben derselben auf der Heizung steht.

Wenn die Urheber dieser Geschichte, schon während der Berichterstattung, von den Folgen ihrer Tat gewusst hätten - bei den Zuhörerinnen wäre es sicherlich nicht bei einem feuchten **Höschen** geblieben.
Zumal eine Viertelstunde nach des Kollegen fröhlichem Morgengruß, der alarmierte Hausmeister des Landeskriminalamtes mit einem Dampfreiniger im Büro der Pechvögel erscheint.
Nach so eminenten Schicksalsschlägen ziehen die beiden gebeutelten Spezialisten es vor, für den Rest der Woche Dienstfrei zu nehmen.

Die Kunde von der Kampfunfähigkeit seiner Freunde vom LKA erreicht Kriminalrat Pöppelschneider an

diesem Vormittag direkt zur Frühstückszeit - zwischen dem vierten Hörnchen und dem Omelett aus sechs Eiern, daß er sich extra zur Feier des Tages in der Kantine bestellt hat.
Seit der gelungenen Transaktion der Bülowschen Ermittlungsakten zum LKA, schwebt er auf einem Hochgefühl. Hochgefühle sind bei ihm stets der Auslöser für Genussorgien - oder simpler ausgedrückt - wenn dem Schmierseifensprössling mal wieder ein Gaunerstück gelungen ist, überfällt ihn eine unbändige Fresslust.
Die Nachricht, die er über sein Mobiltelefon erhält, verursacht bei ihm einen Erstickungsanfall mittleren Ausmaßes.
Das mundgerechte Stückchen Omelett - das soeben zwischen seinen Kiefern verschwunden ist - landet mit Effet im Kragen des, mit dem Rücken zu ihm sitzenden, Leiters des Raubdezernats.
Der streckt reflexartig beide Arme zur Decke - wohl im Glauben, jemand hielte ihm eine Pistole an den Hals.
Nach einem Schwall wortreicher Entschuldigungen rollt der Kriminalrat mit puterrotem Gesicht aus der Kantine.
Kaum das sich die Türen hinter ihm geschlossen haben, erschüttert heftiges Lachen den Gastraum - wie wenn ein kleines Erdbeben das Präsidium heimsucht.

In den folgenden Stunden versucht Pöppelschneider, mit von Minute zu Minute wachsendem Unbehagen, seine Gefolgsleute bei der anderen Feldpostnummer zu erreichen.

Bis Mittag leider vergeblich. Schröder und Krasnek haben sich nach dieser Nacht zur Runderneuerung für ein paar Stunden in die Sauna eines Spaßhauses verzogen. Am frühen Nachmittag erreicht sie dann endlich die Mitteilung, bis zu ihrer erneuten Einsatzfähigkeit die Ermittlungen im Fall Bülow auf Eis zu legen.

Nicht auf Eis gelegt haben Hufschmidt und Konsorten ihre Ermittlungstätigkeit in eben diesem besagten Fall.
Nur wie schon gesagt - sie führen ihre Recherche auch nicht im grellen Sonnenlicht durch.
Karin Müller ist in den langen Nachtstunden in ihrem umfangreichen Denkarchiv mehr als fündig geworden. Sie hat noch drei Köpfen auf den Bildern Namen zuordnen können - immer tiefer in die Grauzone der organisierten Kriminalität abgleitend.
Nachdem Corinna Bülow, Karin Müller und Wilt Hufschmidt allesamt eine ziemlich einsame Nacht verbracht haben, sieht die Morgensonne die drei zum gemeinsamen Frühstück versammelt. Man hat sich in der feinen Junggesellenhochburg am Zoo getroffen.
Hufschmidt hat seine Kollegin am frühen Morgen aus ihrem Exil am Grafenberger Wald erlöst, damit sie miteinander das weitere Vorgehen besprechen können.
Keiner hat sich mehr gefreut Corinna wieder zusehen, als Terrier Pollo. Sein Schweif malte unablässig Kreise in die Luft.

Der Eindruck, den dieses Bild vermittelt, der stimmt natürlich nicht ganz. Die Freude bei Hufschmidt, Corinna wiederzusehen, die steht der von ihrem Hund bestimmt in nichts nach - nur zeigen zeigt er es nicht so.

Mit einer Stunde Verspätung trudelt Meyer in dem Junggesellenkloster am Brehmplatz ein. Die Verspätung läßt ihn ziemlich unberührt - seine Befürchtung, nicht mehr ausreichend etwas vom Frühstück abzubekommen, ist viel größer. Hat er doch im Präsidium nicht frühstücken können, weil der Kriminalrat mit hochrotem Kopf in seinem Büro auftauchte, und seltsame Fragen stellte.
Meyer war in allen Punkten natürlich unwissend wie die heilige Genoveva, und schweigsam wie die Sphinx.
Zu detaillierten Fragen hatte sich der erregte Pöppelschneider denn doch nicht hinreißen lassen, und war nach sechzig Minuten vergeblichen Wartens auf den Kommissar schnaufend in sein Allerheiligstes abgerauscht.

Auf dem Weg zum Brehmplatz vollführte der dienstbeflissene Meyer einen kleinen Schlenker. Der führte zu einer kurzen Stippvisite bei den Kollegen vom LKA. Er mußte ja Schröder und Krasnek den Abschlußbericht aushändigen.
Hintergründig quälte ihn das Wissenwollen, in welchem Umfang seine Geschenke ihre Zwecke erfüllt hatten.

Die gebeutelten Empfänger seiner Gaben vom Vortage traf er leider nicht mehr auf der Dienststelle an. Dafür wurde er aber mit Berichten über die grausigen nächtlichen Erlebnisse der beiden überhäuft, die inzwischen schon die Ausmaße einer biblischen Geschichte angenommen hatten.

Es schien Meyer, als wäre das gesamte Landeskriminalamt in Ehrfurcht vor den heldenhaften Taten der beiden wackeren Recken erstarrt.

Den Bericht auf dem Schreibtisch von Krasnek zurücklassend, war er froh, dem Büro der beiden den Rücken kehren zu können.

Die Luft in dem Raum erinnerte ihn nämlich fatal an seine Fahrt nach Helgoland - im letzten Herbst. Zum letzten mal in der Saison machte der Bäderdampfer in Wilhelmshaven Leinen los für den Törn zum roten Felsen in der Nordsee Zu der Tour hatte Hufschmidt ihn eingeladen, um ihm, wie er sagte die Schönheiten der Nordsee und ihrer Inseln nahe zu bringen.

Leider war ihm das, was viele der Fahrgäste zuletzt gegessen hatten, näher gekommen, als die Schönheiten der Nordsee.

Der Kapitän drückte es nach der Rückkehr des Schiffes in den Hafen so aus: Das war heute mal wieder ein richtiger Papiertütentango.

Das Bild von der Nordsee beschränkte sich auf diesem Törn nur auf den Wechsel zwischen fünf Sekunden Himmel und auf fünf Sekunden Hölle vor den

Bullaugen des Bäderschiffes. In diesem Rhythmus schaukelte der Dampfer durch den Sturm.
Es war doch nur Windstärke zehn, bekam er anschließend von seinem völlig ungerührten Chef zu wissen.
Diese Erinnerungen waren im Büro von Schröder und Krasnek wieder in ihm lebendig geworden.
Ungeachtet dessen verspeist er in aller Seelenruhe alles auf dem Frühstückstisch noch vorhandene Essbare. Eine gute Tat, wie er bei sich vermerkt. Erspart er doch Karin Müller damit das leidige wieder einräumen in den Kühlschrank.

Nachdem die Platte geputzt ist, hockt ein Quartett um den ovalen Esszimmertisch - wenn man Pollo nicht mitzählt.
Werner Bülows Aufnahmen bestimmen erneut das Denken. Corinna, die diese Fotografien heute Morgen das erste Mal zu Gesicht bekommt, lenkt das Ganze mit ihrem Wissen in eine andere Richtung.
Auf einigen Fotos ist eine Frau abgebildet, deren Konterfei von einer anderen Reise Werners mit in die Redaktion gekommen ist. Diese andere Tour war eine Reise, auf der ihr Mann mit Helmer Cassens unterwegs war. Auch der Fleck auf der Erdkugel war ein anderer - Panama hieß das damalige Reiseland.
Die Sichtbarmachung der Drahtzieher des Drogenhandels war auch dort das Ziel.

Der Kommissar kann sich nicht entsinnen, in seinem Gespräch mit Helmer Cassens einen Hinweis auf diese Frau bekommen zu haben, obschon er sie doch eigentlich erkannt haben müßte. Die Gründe für diese Zurückhaltung möchte er zu gerne erfahren.
Wieder einmal ist es Karin Müller, die den Knoten entwirrt.
„Ich habe doch Urlaub."
Die anderen schauen sie verständnislos an. Meyer verleiht diesen zahnlosen Blicken Worte:
*„Das ist aber eine **überraschende** Neuigkeit."*
*„Meyerlein - auch **denken** - nicht bloß essen"* - das mütterliche in Karin Müller streicht ihrem Kollegen sachte mit dem Handrücken über die Schläfe - *„wollte ich nicht sowieso Kurzurlaub in München machen?"* fragt sie in die Runde.
Die hohlwangige Verwunderung in den Gesichtern weicht mit einem Schlag einem hell leuchtenden Begreifen.
„Ich wollte schon lange mal wieder meine ehemaligen Kollegen in Pullach besuchen", fügt sie noch hinzu.
Aus ihrer Zeit beim politischen K. bestehen noch enge Verbindungen zu einigen Mitarbeitern des Bundesnachrichtendienstes, die ihnen jetzt offenbar zugute kommen sollen. Zumal die kleinen Rivalitäten zwischen LKA und BND ein guter Nährboden für ihr Anliegen sind.
Der Hauptgrund für ihre Stippvisite in die bayrische Metropole sind bestimmt nicht Weißwürschtl mit Kraut

- für Helmer Cassens und sein Wissen interessiert sie sich genauso brennend wie der Kommissar.
Die Möglichkeit, sich mit ihm am Telefon über diese Dinge zu unterhalten, wird von der Runde aus verständlichen Gründen abgelehnt. Es gibt für gewiefte Leute zuviele Gelegenheiten, den Gesprächsinhalt in fremde Ohren zu lenken.
Heikle Missionen erledigt Karin Müller lieber aus Anfassnähe.
„Ich fahre mit."
Wie ein Trompetensignal klingt es über den Tisch.
Acht Augen - in diesem Fall muß man Pollo mit einbeziehen - richten sich auf Corinna, die diese drei Worte mit Bestimmtheit in den Raum gestellt hat. Die sich anschließenden Sätze, zur Erklärung ihres Vorhabens, lassen ihre Entschlossenheit deutlich werden.
„Erstens kenne ich Helmer Cassens als einen guten Freund, und zum zweiten kann ich gleich in Ludwigshafen alte Verbindungen aufpolieren."
Mit Corinnas Hinweis auf Ludwigshafen können die anderen solange nichts anfangen, bis sie sagt:
„Ich habe da ein paar Jahre gearbeitet",
Ihre ersten Sporen in der medizinischen Forschung sind ihr in der Pharma-Industrie gewachsen.
„Der mit dem spärlichen Haarkranz" ihr rechter Zeigefinger deutet auf einen Abgeordneten der auf den Bildern zu sehen ist *„ist mir kein Unbekannter."*
Damit hat Corinna ringsum die Neugier geweckt.

„Zufällig bin ich vor etlichen Jahren, während einer Recherche für einen Artikel, der Medikamentenschiebereien in großem Stil betraf - auf ihn und seine Querverbindungen in die Giftküchen der Chemie gestoßen."
Übergangslos ist in ihr wieder die alte Leidenschaft als medizinische Journalistin wach geworden.
Plötzlich weiß sie, was ihr die drei Jahre und einhundertdrei Tage - die Zeit seit ihrer Heirat mit Werner - gefehlt hat, die Jagd nach Informationen - das kribbeln unter der Haut, wenn die Spuren auf ein Ziel zuliefen.
„Damals hab ich diesem Umstand keine Bedeutung beigemessen - weil er in dem Spiel bloß eine untergeordnete Randfigur darstellte. Welcher Politiker kocht nicht irgendwo im Abseits ein fettes Süppchen auf dem Feuer."
Alle sehen ihrem Gesicht den Ärger über ihre damalige Nachlässigkeit an.
„Er scheint sich in der Hierarchie nach oben gearbeitet zu haben. Denn jetzt, glaube ich, stinkt es gewaltig" - sie kräuselt, wie zur Bekräftigung ihrer Empfindungen, ihre fein geschwungene Nase - *„der Gute hat mit Sicherheit eine Leiche im Keller!"*
Corinna sagt dass so bestimmt - man spürt, es gibt da für sie keinen Zweifel.
Hufschmidt kann man seine Erleichterung ansehen. Ist ihm doch damit vorerst die Sorge um die Sicherheit Corinnas genommen. Mit Karin Müller gemeinsam

unterwegs nach München, ist sie Gott sei dank für eine Weile aus der unmittelbaren Schusslinie.
Soweit ist die Marschroute abgesteckt. Die beiden Frauen haben für den nächsten Abschnitt der Strecke volles Programm.

Dem stets hungrigen Meyer wird die offene Stallwache in der Bülowschen Villa übertragen, damit er sein Futter immer in erreichbarer Nähe hat.
Seinen sensiblen, von Natur aus neugierigen Ohren, entgeht so leicht nichts - weder drinnen noch draußen.
Hufschmidt hat bei sich beschlossen, seinem Adlatus beim Kantinenwirt einen offenen Posten einzurichten.
Er ahnt, daß es ihm einen halben Urlaub kosten wird - aber das ist ihm die Sache wert. Der Kommissar pflanzt dieses Vorhaben noch nicht in das Wissen Meyers ein, denn dann könnte die Schlussabrechnung beim Wirt wohl zwei Urlaube übersteigen.
Als Wühlmaus hat Hufschmidt endgültig für sie den kleinen Hilbers ausersehen. Jan Hilbers's mitmachen garantiert, daß auch nicht die kleinste zu Papier stehende Botschaft ihren Weg geht - ohne von ihm kontrolliert und kopiert worden zu sein. Er wird seinen ostfriesischen Landsmann heute Abend in die engeren Pläne einweihen.

Meyer zittert kurz vor Mittag ab ins Präsidium. Die enttäuschte Hoffnung auf ein opulentes Mittagsmahl steht ihm ins Gesicht geschrieben.

Karin Müllers Kochkunst verdient aber auch wirklich fünf Sterne - das darf er aus seiner Erfahrung heraus schon sagen.
Gefragt hat er sich häufig, wie in so einem passablen Frauenkörper soviel verschiedene Fertigkeiten stecken können.
Bis zu seinem Eintritt in die Kripo hat er sich Frauen immer nur zweckgebunden vorgestellt.
Der so bekehrte nannte Hufschmidt im Stillen schon häufig einen Esel, weil Amors Pfeile, die ihn aus Karin Müllers Richtung trafen, bei ihm keine Wirkung zeigten.
Der Kommissar bläst mit einem Satz die Betrübnis aus Meyers Knitterfalten fort.
„Wenn sie sich beeilen - das Mittagessen in der Kantine geht auf mich." Hufschmidt hat das Angebot noch gar nicht ganz aus sich herausgebracht, ist Meyer auch schon dreiviertel über den Brehmplatz in Richtung Präsidiumskantine gepeest.

Karin Müller war unterdes nicht untätig, Diesmal ist es nicht der Notkoffer der mit ihr auf die Reise geht - diesmal ist es schon eher eine Ausstattung, die den Mitteln von Mata Hari gleichkommt. Sie versteht es genauso exzellent wie weiland die Königin der Spione, die Waffen einer Frau einzusetzen. Und das gedenkt sie in München auch zu tun.

Corinna steht ihr da im Übrigen um nichts nach - nicht im Denken, nicht im Handeln und nicht im Aussehen. Auch wenn sie äußerlich so verschieden daherkommen wie Sonne und Mond.
Die Müllerin nimmt ihr Gepäck mit in die Bülowsche Villa, von der aus sie am nächsten Morgen in ihr bajuwarisches Abenteuer starten wollen. Sicherheitshalber verbringen die beiden Frauen die Zeit bis dahin gemeinsam am Grafenberger Wald. Die nächsten Stunden in der Villa werden viele aufschlussreiche Gedankenbilder um die weiblichen Köpfe schweben lassen.

Hufschmidt, der bis zum anderen Tag, gefolgt von Pollo, in die Einsamkeit am Kleineforst abzieht, wird in den Nachtstunden wohl mehrmals traumgeplagt aus dem Schlaf schrecken.
Bis es aber soweit ist, hat er mit Jan Hilbers noch einige harte Runden Informationstrinken hinter sich zu bringen.
Der Kommissar hat Meyer für Hilbers eine Nachricht mitgegeben und ihm darin den Treffpunkt Kaiserburg genannt. Für den kleinen Hilbers ist es ein Sonnenstrahl in der Düsternis seines Junggesellenalltags.

Eine Stunde vor der angegebenen Zeit prostet er Wirt Willem schon mit einem **JEVER** zu - natürlich nicht ohne den obligatorischen **DB** hinterher zu schicken.

Damit der friesische Gerstensaft sich im Magen nicht so schrecklich alleine fühlt.

Christin schickte schon zweimal ihren gefürchteten Perückenbrillenschlitzblick um die Küchenecke. Ihr schwant inwendig für den heutigen Abend **Fürchterbares** - wie sie zu sagen pflegt, wenn sie ein mittelschweres Besäufnis auf ihren gastronomischen Tempel zukommen ahnt.

Zu ihrem Erstaunen - und um der Wahrheit die Ehre zu geben - auch so ein bißchen zu ihrer Enttäuschung - hält der kleine Hilbers sich beim Kampf gegen die Prozente merklich zurück.

Sie weiß ja nicht aus welchem Grunde - obwohl, so zwei bis fünfundzwanzig kleine Gespanne schmeißen einen gestandenen Ostfriesen noch nicht vom Hocker.

Jan Hilbers lebt den Wahlspruch seines Großvaters, der bei passender Gelegenheit zu sagen pflegte:

„Een Buddel Kööm is wat för twee Mannslüü - wenn de een nich mitdrinkt!"

Und passende Gelegenheiten zogen in dem kleinen Dorf in der Krummhörn mehr als genug durch die alltäglichen Tage. Seine Großmutter selig bezichtigte posthum ihren Mann des Öfteren, mehr Rüben in seinem Leben versoffen zu haben, als ihre zahlreichen Kühe des Winters gefressen hätten. Die geistigen Getränke brannte sein Großvater nämlich selber - aus Zuckerrüben.

Den Duft der Schnapsbrennerei im großväterlichen Backhaus hat der kleine Hilbers bis heute nicht aus

seiner Geruchserinnerung streichen können. Im Geiste sieht er dann und wann schon mal einen riesigen Berg Geld vor sich - angespart durch Selbstbrennerei des von ihm so geliebten Klaren.
Die einzige Information, die Christin trotz mehrfachen Nachhakens von Hilbers geliefert bekommen hat, ist die, daß er seinen Chef erwartet. Wenn er von Hufschmidt spricht, nimmt er sogar seine speckige Schiffermütze ab. Sie stammt wahrscheinlich noch von seinem Großvater, und scheint ansonsten auf seinem Kopf angewachsen.
Als Hufschmidt in der Gastwirtschaft auftaucht, haben tatsächlich erst drei Bier, von ebenso vielen gut gekühlten Schnäpsen begleitet, den Weg in sein Inneres gefunden.
Während der lautstarken und herzlichen Begrüßung hat ein kleiner Umschlag den Weg aus Hilbers Händen in die Seitentasche des Kommissars gefunden. Der Maulwurf war also nicht untätig - er hat schon seine Arbeit aufgenommen.
Hufschmidt würde zwar liebend gern mit den beiden **DB** Spezialisten anstoßen, aber zuerst steht ihm der Sinn nach einem guten Kaffee.
Diese Bitte erfüllt Christin mal eben so zwischen der siebten und achten Fuhre Frikadellen.
Es gibt Sachen, die erledigt sie quasi mit links. Sie tut das genauso beiläufig, wie sie ihrem Willem im vorbeigehen von Zeit zu Zeit das Schnapsglas wegnimmt.
Routine im täglichen Wirtshauseinerlei.

Nachdem der leckere Kaffee aus der Wirtshausküche des Kommissars Lebensgeister aufgemöbelt hat, verläßt er mit Hilbers das Lokal.
Pollo sträubt sich buchstäblich mit allen vier Pfoten dagegen, die beiden zu begleiten. Ein Ecktisch, unter dem er gerade der zweiten Frikadelle zu Leibe rückt, hat es ihm angetan. Nach einigem guten Zureden bequemt er sich denn doch, hinter den beiden herzutrotten.
Was Hufschmidt mit Jan Hilbers zu besprechen gedenkt, muß nicht unbedingt in der intimen Öffentlichkeit der Kneipe geschehen. Ein kleiner Rundkurs die Bergische Landstraße hoch ist da schon die bessere Gelegenheit.
„Kanns de Hung ruhich hierlosse" - hören sie noch von Christin. *„hier kritt dat aarme Dier wenistens wat vernümmeftichs zu fresse"* - muß sie in ihrer humorvollen Art noch dranhängen, bevor Hufschmidt und Hilbers die Tür hinter sich zumachen.

Es dauert auch zwei Runden um den Gallberg, bis Hilbers von Hufschmidt ausreichend informiert ist, und die nötigen Regeln kapiert hat.
Die Kopie einer internen Notiz, von oberer Stelle der politischen Ebene an Pöppelschneider, befindet sich in dem Umschlag, den Hilbers dem Kommissar bei der Begrüßung zusteckte.
Der Eßzwang des Kriminalrats hatte Hilbers das Ablichten ermöglicht. Der Kriminalrat war gerade auf dem Sprung in die Futterkammer des Präsidiums, als ein Bote aus dem Innenministerium ihm den Umschlag, der

fettgedruckt mit **eilig & persönlich** gekennzeichnet war, in die Hand drückte.

Pöppelschneiders Verlangen nach einer gegrillten Schweinshaxe war wohl größer als das Bedürfnis, dringende Dienstpost zu bearbeiten. Er legte nämlich den Brief, ohne den Inhalt eines Blickes zu würdigen, auf dem Schreibtisch ab und verschwand mit quietschenden Sohlen in Richtung Futterkrippe. Er meinte sicherlich, der Brief würde geduldig auf ihn warten. Die gegrillten Schweinshaxen, die zudem auch noch als Angebot auf der Speisekarte glänzten, taten es ganz bestimmt nicht

Für Hilbers, der just in diesem Moment dem Vorzimmerdrachen des Sesselpupsers einen schlüpfrigen Witz unterjubelte, war es ein Fingerzeig des Himmels.

Allgemein wußte es ein jeder, die Mampfzeiten des Kriminalrats unterschritten nie die Fünfundvierzigminutengrenze.

Hilbers hatte bewußt seine ganze Kunst in die Ausmalung seines Witzes gelegt, und während das Vorzimmervögelchen sich in der Nasszelle nebenan die Lachtränen aus den Goldlöckchen spülte, war es für Hilbers ein leichtes, die Frischpost zu kopieren.

Jan Hilbers meistert seine Aufgabe wie ein alter Hase. Hufschmidts Achtung vor den Leistungen seines ostfriesischen Landsmannes wird immer größer. So mancher studierte Kriminalist könnte von dem alten Moorfuchs noch was lernen - denkt er amüsiert.

Laut sagt er - mit einem nicht zu überhörenden Schmunzeln in seinen Worten - *„so mein Freund"* - das Prädikat Freund verteilt Hufschmidt im allgemeinen sehr sparsam - *„so mein Freund - nu hevvt wi beid us woll een Schlukk verdeent."*
Unbeabsichtigt ist er in die Sprache von zu Hause gewechselt. Was für Hilbers treue Seele noch eine extra Streicheleinheit bedeutet, und den heutigen Tag für ihn zu einem Feiertag macht.
Die treue Hundeseele auf dem Rücksitz scheint die gleichen Gedanken wie Hufschmidt zu haben, denn Pollo schleckt sich mit Begeisterung um die Schnute, während der Kommissar sich in Gedanken schon zwei Frikadellen bei Christin bestellt.

In seinem Hinterkopf kreist beständig der andere Morgen, und die für früh geplante Abreise der Frauen in das Land jenseits des Weißwurstäquators. Dieser Umstand sorgt für einen leidlich zivilen Abbruch der Kneipenfröhlichkeit. Hufschmidt möchte nicht mit einem dicken Kopf, der für seinen Hut einige Nummern zu groß wäre, seine beiden Frauen verabschieden.
Dreifaches Bedauern begleitet das nüchterne Ende des Abends. Bedauern bei Christin über ihre magere Kasse. Bedauern bei Hilbers über das weggeschmissene Geld - einen halben Brand bezeichnet er stets als weggeschmissenes Geld, und Bedauern bei Pollo über die entgangenen Frikadellen. Die Zahl von acht verdrückten

Löwenköddel hätte er gut und gerne noch auf zwölf erhöhen können.
Christin hat für Hilbers gerade ein Taxi bestellt, weil der eine unbegründete Abneigung gegen Straßenbahnen pflegt.
Während Hufschmidt Pollo mit sanfter Gewalt unter dem Ecktisch von seiner Frikadellenbörse loseist, piepst sein Mobiltelefon. Auf dem Wortsalatkanal meldet sich Meyer. Der Zerhacker macht die Gespräche relativ abhörsicher - so ganz genau weiß man so etwas allerdings nie.
„Chef" - tönt es ohne große Einleitung aus dem kleinen Wunderding -*„Chef, es wäre schön, wenn sie mich besuchen kommen könnten."*
Wie Meyer das sagt, klingt es nicht wie eine Einladung zum Picknick. *„Ich bin hier Vis a' vis von Lilly."*
Lilly ist die Bezeichnung für Kriminalrat Pöppelschneider - ein Code, den sie am Vormittag ausgemacht hatten, um eventuelle Lauscher in die Irre zu führen.
Bei jedem von ihnen hing diese Liste mit den Tarnbezeichnungen im Kopf. Schneller als erwartet zahlte sich diese Maßnahme bereits aus. Hufschmidt ist heilfroh, dem Hilferuf Meyers folgen zu können, ohne dass er durch rosarote Ringe in die Nacht blickt.
Die sehnsuchtsvollen Rufe seines Bettes verhallen dagegen ungehört im Dunkeln.
Heilfroh ist auch sicherlich Pollo - gibt es ihm doch Gelegenheit, sein Quantum Frikadellen noch voll zu machen.

Christin bietet ihm nämlich mit den Worten: *„De Hung loß man bei mich - dat is ja keen'n Kriminalen"* ihre Bereitschaft an, Pollo bis zum nächsten Tag in Quartier zu nehmen.
Das gerufene Taxi kann indes jungfräulich und ungebraucht wieder seines Weges ziehen. Fünf Mark für die Nichtbenutzung stimmen auch den Taxifahrer gnädig.
Hilbers läßt es sich nämlich nicht nehmen, den Kommissar in die Innenstadt zu begleiten.
Worüber dieser auf eine Art ganz froh ist, zumal ja keiner weiß, wie sich die Dinge entwickeln, die das Meyerlein für sie bereit hält.

Auf der Duisburger Straße - in unmittelbarer Nähe des Messeeinganges - entdecken sie Meyers Unikum von Auto.
Es ist ein Käfer aus den Fünfziger Jahren mit der aufgesetzten Motorhaube, und dem markanten Kühlergrill eines ebenso alten Mercedestyps, des schmalbrüstigen ersten Nachkriegshundertsiebzigers.
Meyer hockt zusammengefaltet hinter dem Lenkrad seines Patchworkautos. Für seine Körperlänge gibt es wahrlich bequemere Karossen. Nur, wenn ihn mal jemand daraufhin anspricht, dann ist er plötzlich auf dem Ohr taub. Es geht ihm eben nichts über seinen Volksmercedes, wie er die Kreuzung liebevoll nennt
Der Kommissar kann sich nicht verkneifen zu fragen:
„Na, Meyer - weiß ganz Düsseldorf schon, daß sie hier stehen?"

Er will damit fragen, ob sein Vize für diese Aufgabe nicht ein anderes Fahrzeug hätte nehmen können.
Die abstrakte Kiste fällt ja in Düsseldorf nicht weniger auf, wie am Südpol ein Straußenvogel unter Pinguinen.
" 'tschuldigung - Chef. Ich war schon auf dem Weg nach Hause, als das Trio, das jetzt da oben hockt, aus der Tiefgarage heraus, an mir vorbeiflog. Es ist ein Zufallstreffer, sozusagen."
Reichlich betrübt schaut Meyer seinen Chef von der Seite an. Gleichzeitig mit den Worten: *„aber jetzt sind Sie ja da"* weicht auch die Betrübnis aus seinem hungrigen Angesicht.
Hufschmidt reicht ihm nämlich ein Picknickköfferchen Marke Kaiserburg durchs offene Wagenfenster.
Auch wenn Meyer noch nicht persönlich in der urigen Kneipe am Ratinger Weg war - Christines Ruf als weltbeste Klopsköchin hat sich längst in seinen Ohren eingerichtet. Solche Informationen läßt er auch nicht mehr raus aus seinem Gehirnarchiv.
In dem großen Haus aus der Gründerzeit, daß fünfzig Meter schräg gegenüber, eingequetscht zwischen zwei Betonpaläste neueren Datums, die Jahrzehnte überdauert hat, brennt in der linken Hälfte der ersten Etage gedämpftes Licht. Es ist der einzige helle Punkt in der großen, langen Front der dunklen Bürohaus-Fassaden. Auf den gelblich schimmernden Vorhängen zeichnet dann und wann ein Schatten seine Umrisse.
Pöppelschneider hat Besuch von Schröder, der inzwischen die Nachwirkungen des Schlafmittels über-

wunden zu haben scheint, und von einem der Politiker, deren Konterfei auf den Bildern von Werner Bülow zu sehen waren. Meyer ist sich nicht völlig sicher, wer von denen es ist - aber eine der Figuren ist es. Hundertprozentig.
Meyer wird von seinem Chef nach Hause entlassen, damit das ungewöhnliche Gefährt aus der Umgebung verschwindet. Hilbers nimmt er gleich mit, damit am nächsten Morgen dessen Kopf wieder klar ist. So ein bißchen mehr Genever als die anderen hat er ja doch eingefahren.

Hufschmidt macht es sich im Fond des **Daimlers** gemütlich. Er will nicht unbedingt auf dem Fahrersitz gesehen werden.
Die Wartezeit zieht sich wie ein Gummiband durch die Duisburger Straße. Des Nachts wird es auch in Klein-Paris, außerhalb der Altstadt, etwas ruhiger.
Hinter ihm, ein kurzes Stück den Boulevard runter, scheint sich an der Ecke Venloer Straße, vor einer Rotlichtkneipe, eine Schlägerei zu entwickeln. Auch das noch!
Eine Rauferei schlichten, das kann er nun gerade nicht gebrauchen. Sollen die Brüder - bis die Kollegen von der Altstadtwache eintrudeln – sich ruhig die Visagen demolieren. An den Narben, die sie eventuell davontragen, kann man sie später vielleicht besser unterscheiden.

Die Straßenbahnlinie **19** rauscht grummelnd vorbei. Die letzten Lohausener verlassen die Innenstadt.
Hinter den erleuchteten Fenstern der Schmierseifenvilla gibt es dem Anschein nach viel zu besprechen. An den Vorhangschattenspielen ändert sich nämlich nichts.
Minuten später quietscht die, aus drei Waggons bestehende, Linie D um die Biegung der Kaiserswerther Straße. An den Restauranttischen im mittleren Wagen feiert eine ausgelassene Gesellschaft scheinbar eine Mitternachtsparty.
Für die Länge eines Zigarrenzuges verdeckt der Sambazug Hufschmidt die Sicht. Als er wieder freien Blick hat, liegt die andere Seite der Straße komplett im Dunkeln.
Diese unwägbaren Kleinigkeiten sind das Salz in der Suppe eines jeden Überwachers. Hufschmidt macht sich nicht die Mühe, die schwere Limousine, die Sekunden später die Ausfahrt des Hauses verläßt, zu verfolgen.
Bis er von hinten nach vorn hinters Lenkrad geklettert ist, ist es sowieso zu spät.
Ihm reicht das Foto, das er mit seiner Minox geschossen hat. Das amtliche Kennzeichen wird schon einiges aussagen - das hofft er zumindest.
Nach einer weiteren halben Stunde auf dem Rücksitz - in der sich draußen aber nichts mehr tut - startet er den **Daimler** Richtung eigenes Bett. So kommt er wenigstens noch in den Genuss von anderthalb Mützen Schlaf - das denkt er zumindest.

Von der Kaiserburg her strahlt noch grünlich die norddeutsch/friesische Bierreklame in die Nacht. Es scheint fast so, als wenn sie der Polizeistunde den Weg weisen wolle.

Die Gäste im Inneren scheinen wiedereinmal sehr viel Standfestigkeit zu beweisen - und wem es im Lokal schon an Standfestigkeit mangelt, der gleicht es mit Sitzfleisch wieder aus.

Es ist eine willkommene Gelegenheit für ihn, sein Gewissen zu beruhigen, und Pollo mit zu sich nach Hause zu nehmen. Den Kaffee, den Christin ihm noch anbietet, den lehnt er dankend ab. Er trägt nur noch einen völlig geschafften Pollo zum Auto - und dann geht es ab in die Koje.

Sein Denken über die anderthalb Mützen Schlaf entpuppt sich als Irrlicht im Moor. Kaum zu Hause im Kleineforst angekommen, würgt der komplett überfressene Pollo mindestens zehn Fleischklopse schön mußig auf den weissen Wohnzimmerteppich.

Die sich daran anschließende Reinigungsaktion zieht sich bis halb fünf hin. Dreißig Minuten, und drei große Haufen Hundekot hinter sich lassend, verbringt Hufschmidt dann noch mit dem munter werdenden Pollo in der freien Natur.

Zum ersten Mal in seinem Leben erfährt er die echten Freuden eines Hundehalters.

Er ist dem Fellknäuel mit der kalten Schnauze nicht im geringsten gram - sondern zählt die Minuten, bis er die beiden Frauen begrüßen kann. Nach einer ausgiebigen Dusche und einer Kanne starken Mokkas ist es soweit.

Auf den Weg zur Bülowschen Villa muß Hufschmidt sich aber alleine begeben. Pollo liegt zu Fußende im kommissäriellen Bett und schnarcht wie ein Bär im Winterschlaf. Die heftigen Bewegungen seiner Tatzen lassen vermuten, daß er im Traum hinter Christins Frikadellen herjagt.
Der Kommissar läßt die Hundeseele in Ruhe jagen. In zwei Stunden, so rechnet er, wird er sich selbst daneben legen können. Bis zum Beginn des Nachmittags hat er nämlich jeglichen Dienst aus seinem Kopf gestrichen.
  Punkt sechs gleitet er durch das Tor des Bülowschen Anwesens. Die Nummernschildüberprüfung hat sich in der Nacht als nicht so ganz einfach herausgestellt. Das Kennzeichen war in den zugänglichen Datenspeichern nicht erfasst. Da mußte woanders nachgeschaut werden.
Gerade in die Garage gerollt, erreicht das Ergebnis der Nachforschungen seine Ohren – es handelt sich um eine Sondernummer der Bundestagsverwaltung. Fahrer bzw. Nutzer sind nicht auf dem offenen Dienstweg zu erfahren.
Na also – zumindest konnten sie an dieser Stelle einhaken.
Karin Müller und Corinna erwarten ihren Kommissar schon vor dem Haus. Reisefertig und startbereit. Nichteinmal mehr beim Gepäck einladen kann er ihnen behilflich sein.

Die beiden Grazien haben stilgerecht einen blauen **BMW V8 - Touring** Baujahr 1955 mit weißen Ledersitzen - für ihre Reise in das blau-weiße Ländle ausgesucht. Der Autospleen des seligen Bülow sen. kommt ihnen heute zugute. Allein schon dieses Automobil wird ihnen in München alle Türen öffnen.
Fesch und flott sind die beiden Mädchen anzuschauen. Hufschmidt hat trotz seiner müden Gehirnzellen so einige Schwierigkeiten mit seiner Gelassenheit.
Die verstohlenen Blicke, die die beiden Frauen untereinander austauschen, machen dem unbefangenen Beobachter klar, daß des Kommissars Gefühlssalat ihnen diebisches Vergnügen bereitet.
Eine lange Aussprache, von Bett zu Bett, hat heute Nacht die Fronten zwischen Karin und Corinna geklärt.
Nach einem hingehauchten, freundschaftlichen Kuss der beiden verschwinden die Rücklichter des honorigen **BMW** in Richtung Autobahn. Hufschmidts nächtliche Erkenntnisse nehmen sie in ihren schönen Köpfen mit auf den Weg.

Er informiert Meyer noch kurz über seine Schlafpause, bevor es ihn mit Macht in den heimatlichen Kral - wie er seine Junggesellenwohnung nennt - zieht.
Einen Zwischenstopp legt er noch kurz bei Bäcker Schmalz auf der Benderstrasse ein. Frische Brötchen müssen sein - auch wenn er sich heute Morgen mit dem Geruch derselben zufrieden gibt.

Fast hätte er Pollos Verpflegung vergessen - aber was frisst so ein Hund? Frikadellen dürfen auf der Speisekarte stehen - das hat er zur Genüge erfahren. Das Spiel will er aber nicht wiederholen.
Hufschmidts Unkenntnis jeglicher Hundebedürfnisse beschert Pollo ein paar Tage Schlaraffenland. Rinderhack und Steaks darf man aus Hundesicht ja wohl so bezeichnen.
Die freundliche Verkäuferin im Metzgerladen - der sein Junggesellendasein bekannt ist - wünscht ihm angesichts der Menge Frischfleisch viel Vergnügen mit der Grillparty. Hufschmidt ist zu müde - er läßt sie einfach mit dem Irrtum in den Tag gehen.
Das hätte er besser nicht getan, denn einer seiner Skatbrüder aus der Nachbarschaft hat, auf dem Umweg über seine Frau, von der angeblich bevorstehenden Feierlichkeit erfahren.

Hufschmidt ist gerade sanft in Morpheus Arme geglitten, als das verflixte Telefon ihn in den Tag zurückholt. Einer seiner Mitspieler fragt ihn reichlich konsterniert, ob er seine Partys immer ohne seine alten Freunde feiert. Hufschmidt klärt ihn mit vernebelten Worten umständlich über die ganze Sache auf. Sein Schlafen gerät dadurch zu einem Zickzack Kurs, denn drei weitere Spielgesellen rufen im Stundentakt bei ihm an.

Sie haben alle von der bevorstehenden Feier gehört, und fühlen sich leicht brüskiert, von wegen der fehlenden Einladung.
Hufschmidt verflucht im Stillen die Metzgerstante, und wünscht ihr etwas Besonderes an den Hals, was er natürlich nicht ernsthaft meint und in ein paar Stunden schon wieder vergessen hat.
Nach dem vierten Anruf läßt er sein Bett Bett sein, und richtet sich für eine halbe Stunde unter der Dusche häuslich ein. Das einzige, was ihm während der Zeit unter der Dusche am kompletten Glück fehlt, das ist sein geliebtes Zigarillo.
So aufgemöbelt sieht ihn der späte Vormittag mit Pollo durch die angrenzenden Felder traben.
Auch die Brötchen vom frühen Morgen werden anschließend noch ihrer Bestimmung zugeführt. Sie sind zwar schon etwas gummig im Teig - aber trotzdem hochwillkommen. Jedenfalls bei Pollo, der sich als Allesfresser entpuppt.

Hufschmidt macht sich daran, seine bisherigen Erkenntnisse in einen Rahmen zu bringen. Bis man ihn im Büro erwartet, ist noch etwas Luft im Terminkalender.
Irgendjemand hat aber wohl gerade diese Luft abgelassen - denn kaum hat der Kommissar sich mit einem frischen Zigarillo hinter seinem Schreibtisch verschanzt, dreht mit einem Affenzahn Meyers unikuminöses Vehikel auf den Hof.

In so schneller Bewegung hat Hufschmidt seinen Vize bisher selten erlebt. Man hört ihn nichteinmal, bevor man ihn sieht, sondern sein dürres Gerüst klappert um Längen hinter ihm her.
Ohne zu klopfen stürmt Meyer in die Hufschmidtsche Arena. *„Chef - Chef - Chef"* - seine Worte verrecken fast an seiner Atemlosigkeit - *„ der Kriminalrat - - - - der Kriminalrat - - - ist tot! "*
Hufschmidt fällt sein Zigarillo aus der Hand. Als er es bemerkt, sieht man in dem weißen Teppich schon ein markstückgroßes Loch. Völlig unmotiviert denkt er, angesichts des Brandschadens, an die Sinnlosigkeit der Reinigungsaktion in der Nacht.
„Der Kriminalrat ist heute morgen nicht zum Dienst erschienen. "
Bei dem genannten ist das eine absolute Ausnahme, weil er sonst nirgendwo seiner unbändigen Esslust so billig und ungestört frönen konnte.
„Nach dem erfolglosen Bemühen, ihn in seiner Wohnung zu erreichen, haben die Kollegen dann seine Haushälterin mobilisiert. "
Meyer kann mittlerweile schon wieder in einigermaßen zusammenhängenden Sätzen berichten. Drei belegte Rundstücke haben ihn wieder zu Atem kommen lassen.
„Die Haushälterin hat ihren Brötchengeber dann gefunden. Er saß an seinem Schreibtisch, mit dem Kopf auf der Tischplatte. "
Pöppelschneiders Büroschlafstellung, denkt Hufschmidt zwischen Meyers Berichterstattung.

„Nach Meinung der Kollegen beendete ein aufgesetzter Schuss in die Schläfe sein Leben. Er hatte einen Browning mit Schalldämpfer in der rechten Hand....!"
Meyers Wortpause hat eine gesunde Bedeutung. Hufschmidt greift sofort den Faden auf:
„Rechte Hand...? fragt er mit Erstaunen in der Stimme seinen Assistenten.
„Genau Chef - rechte Hand!" Meyer feixt seinen Chef an, als ob er auf der Oberkasseler Kirmes ein Glückslos gezogen hat.
„Mord?" fragt **der** mit gedehnter Stimme in Richtung Meyer.
„Jawoll Chef - eindeutig. Wenn Sie mich fragen, da hat dem Guten jemand das Lebenslicht ausgeblasen."
„Meyer, Du bist ein Genie" - Hufschmidt holt tief Luft - *„Linkshänder, wie unser lieber Kollege zu Lebzeiten war, erschießen sich selten mit Rechts."*

Innerhalb von zwei Minuten befinden sich die beiden auf dem Weg zum Tatort. Auf dem Wege dahin drücken sie im vorüberfahren Pollo der rührigen Wirtin in die Hand. Für den eindringlichen Hinweis an Christin, Pollo um Gotteswillen nicht mit Frikadellen zu füttern, haben sie aber noch Zeit.
Als die beiden den Tatort erreichen, herrscht in der Schmierseifenvilla in der Duisburger Straße schon ein emsiges Treiben.

Der Tod des Kriminalrats hat offenbar eingeschlagen wie eine Bombe, von der noch keiner weiß, aus welchem Flugzeugschacht sie gefallen ist.
Ihre Beobachtungen, die sie in der letzten Nacht gemacht haben, halten die Verschworenen aber vorerst für sich.
Nach zwei Stunden löst sich das Gewusel auf. Gefunden wurde in der ganzen Zeit so gut wie nichts. Nicht die kleinste verwertbare Spur - kein Hinweis auf die nächtlichen Besucher – dafür aber ein Abschiedsbrief des Kriminalrats.
Nach außen schaut es so aus, als ob der Kriminalrat freiwillig in den Tod gegangen sei.
Hufschmidt und Meyer wissen es als einzige in der Runde wohl besser.
Der Abtransport des Leichnam verzögert sich um fast eine Stunde. Der massige Körper des Toten passt nicht in die Metallkiste des Bestatters. Ein Spezialmodell für Übergrößen muß daher erst aus Krefeld heran geschafft werden.
Die Zeit bis dahin nutzt der Kommissar, um vielleicht doch noch ein Mosaiksteinchen in der Wohnung zu finden. Auch das ist vergebens. Die Täter verstanden ihr Handwerk - nicht der kleinste Hinweis kommt ihm unter die Augen.
   Endlich ist der Behälter angekommen. Normalerweise wird, an einer Seuche verendetes Großvieh, darin abtransportiert. Vier stämmige Träger hat das Veterinärinstitut gleich mitgeschickt. Meyer kann sich nicht

enthalten, seinem Chef im vorübergehen „*auch als Leiche macht der Dicke noch Schwierigkeiten*" zuzuraunen.

Hufschmidt und Meyer begleiten den gelb gezeichneten Container bis an seinen Bestimmungsort.

Adrianus Klaver, vom Stand her Professor, und von Beruf Doktor der Medizin, ist der Leiter der Pathologie am gerichtsmedizinischen Institut.

Der „alte Leichenschneider" wie Hufschmidt ihn kameradschaftlich nennt, hat mit ihm gemeinsam die Schulbank gedrückt - damals an der Emder Stadtknabenschule. Seine Familie wohnte „up Günntsied" - so sagte man in der Krummhörn, wenn man vom Wohnort der Freunde sprach, die im holländischen Grenzbereich zu Hause waren.

Die Klavers nannten riesige Gemüsefelder ihr Eigen. Man mußte eine Stunde mit dem Rad am Deich entlangfahren, um zu ihrem Hof, in der Einöde der westfriesischen Marsch gelegen, zu gelangen.

Die Schiffsverbindung über die Ems war ein Teil des Schulweges des Holländerjungen Adrianus. Jeden Montagmorgen von Delfzijl nach Emden und jeden Samstagnachmittag wieder retour. Die Stunde mit dem Fiets von Delfzijl nach Kostverloren mochte er nicht jeden Tag auf sich nehmen. Deshalb war er unter der Woche der Zimmergenosse von Wilt Hufschmidt, in dessen Elternhaus in Toquard.

Sie waren in der Zeit so etwas wie siamesische Zwillinge geworden, an der die Studentenjahre die

Trennung vollzogen hatten. Brüder im Geiste waren sie aber über die Jahre hinweg geblieben.
Auf den Ausdruck im Gesicht des Professors warten die beiden Kriminalisten mit heimlichem - nein, nicht mit heimlichem - sie sind ja unter sich – sie warten darauf ganz einfach mit Vergnügen.
Adrianus Klaver ist in Fachkreisen nicht nur wegen seiner Kompetenz als Sezierer bekannt – man kennt ihn in der Szene auch wegen seiner markigen Sprüche, beim Anblick von der Norm abweichender Untersuchungsobjekte.
Wobei es sich ausschließlich um menschliche Körper handelt.
„Es ist ja nur Verpackungsmüll, den die flüchtige Seele hinterlassen hat." Das ist sein Standardspruch, wenn ihn einmal jemand auf seine Tätigkeit hin anspricht
Die Erwartungen der beiden amtlichen Begleiter des Schwertransportes werden nicht enttäuscht. Der Professor läßt beim Anblick der Massen ein inhaltsschweres, wortloses **Whhhooow** durch seine blitzenden Brillengläser gleiten.
„Von welchem unbekannten Planeten ist denn dieses monströse Wesen bei Euch gelandet?"
Antwortheischend schaut er Hufschmidt ins Gesicht.
„Mit der Untersuchung dieses Berges von Fleisch und Knochen ist meine Mannschaft ja eine ganze Woche ausgelastet" - kommt mit leicht gequältem Unterton hinterher.

Hufschmidt grinst impertinent. Hier darf er sich das erlauben.
„Ich würd' mal sagen, in zwei Stunden hören wir etwas von Dir - lieber Adrianus. Mich interessiert erstmal nur das kleine Löchlein in der Schläfe."
Mit Unschuldsmiene sagt Hufschmidt diese zwei Sätze.
„Mit der Erforschung der Restmassen - um es mal mit deinen Worten zu sagen - könnt ihr Euch meinetwegen ein ganzes Jahr beschäftigen."
In die abwehrende Handbewegung des Professors hinein kann Hufschmidt sich nicht verkneifen zu sagen:
„Wenn es in der Schule darum ging, etwas von mir zu erfahren, musstest du auch keine Woche warten - Addi. . .!"
„Ewiger Erpresser," knirscht Klaver durch die Zähne.
„Nun geht Kaffee trinken, ihr beiden - in einer Stunde wissen wir mehr. Oder wollt ihr mir bei meiner Arbeit behilflich sein?" schickt er ganz süffisant als Frage hinterher.
Meyers - im Licht der kalten Lampen sowieso schon pappig aussehendes Gesicht - nimmt plötzlich einen grünlichen Schimmer an. Zwei Sekunden später ist der Professor die lästigen Frager los.

Exakt dreiunddreißig Minuten später sitzt ein geschaffter Gerichtsmediziner in der Cafeteria zwei zufrieden dreinschauenden Kriminalisten gegenüber.

Bevor er überhaupt ein Wort von sich gibt, findet erstmal ein Genever den Weg in sein Innenleben. Man sieht oben förmlich, wie der Sprit sich unten wohlfühlt.
"Aufsatzwinkel und Schusskanal schließen eine Selbsttötung mit an Sicherheit grenzender Wahrscheinlichkeit aus."
Klaver kennt seinen alten Intimus aus dem Effeff. Verschmitzt lächelnd fügt er noch hinzu:
"Soviel kann ich Euch noch mit auf den Weg geben: Der Püster in der Hand des Toten kommt als Tatwaffe nicht in Betracht. Aber damit verrate ich Euch ja wohl nichts Neues - wie ich sehe."
Ein zufriedenes Lächeln macht sich in Hufschmidts Gesicht breit.
"Danke, mein Freund - aber ohne Deine Bestätigung würde mir mein Wissen gar nichts nützen."
Mit ernstem Ton fügt er hinzu: *"Was in diesem Fall hier geschieht, das passiert auf einem fremden Stern."*
Der Professor schaut bloß über den Tisch - er stellt keine Fragen. Zu einem günstigen Zeitpunkt wird er von seinem Freund schon die Umstände erfahren. *"Worüber haben wir soeben gesprochen?"* signalisiert er sein Verstehen.

Eine Zigarillolänge später haben Hufschmidt und Meyer schon ein Stück des Weges ins Präsidium hinter sich gebracht.
"Meyer - nun bete man, daß noch niemand in Pöppelschneiders Büro gewütet hat."

Zwei Falten haben sich auf Hufschmidts Stirn eingenistet.
"Hilbers ist zwar über alles informiert, aber der kann auch nur gucken."
Offenbar ist Hufschmidt nicht so ganz wohl bei den Gedanken an das, was sie erwartet.
Nach neun Minuten – es schon fast schon ein Rekord, in der sie die Strecke hinter sich gebracht haben - hasten sie durch die Eingangstür des Präsidiums. Jeder normale Verkehrsteilnehmer könnte mit den, auf dieser Fahrt eingefangenen, Strafmandaten sein Wohnzimmer tapezieren.
Auch ganz schön, wenn man auf der Straße mal so richtig die Sau rauslassen kann - denkt Meyer ganz unten in der masochistischen Abteilung seines Gefühlslebens. Aber nur reflexartig - sonst bemerkt man davon nichts bei ihm.
In der vierten Etage - dem Allerheiligsten - herrscht helle Aufregung. Vor Pöppelschneiders Bürotüren sieht es aus wie am Graf-Adolph Platz zur Feierabendzeit: Stau in allen Richtungen.
Jeder möchte natürlich einen Blick in das Reich des toten Königs werfen. Rein dienstlich - versteht sich. Es kann jedoch niemand in des Kriminalrats Büro - in den Zylindern der Türschlösser stecken die Fragmente von abgebrochenen Schlüsseln.
Man wartet auf den hausinternen Schlüsseldienst, und ergeht sich derweil in Vermutungen. Die tollsten Geschichten schwirren durch die Etagenluft.

Wenn man mit einer Gerüchteküche Geld verdienen könnte - diese Gelegenheit wäre das Geschäft des Jahres.
Des verblichenen Kriminalrats buntbemalter Vorzimmerdrachen ist nach diesem Geschehen gar kein Vorzimmerdrachen mehr – die Dame ist eher ein in sich zusammen gesunkenes Häufchen Elend.
So, wie sie da auf ihrem Bürostuhl hockt, weckt sie bei den anderen nur noch nacktes Bedauern.
Die Schönheitsschichten in ihrem Gesicht bedürfen dringend einer Renovierung. Hufschmidt kann sich das Gequirle nicht länger mit ansehen, und schickt die völlig aufgelöste Mittvierzigerin mit sanften Worten nach Hause.
Vorher drückt Meyer ihr aber noch - ganz Kavalier - ein großes rotgemustertes Geschirrtuch in die Hand.
„Damit ihre zarten Dessous keinen Schaden nehmen", weist er sie - so diskret wie ein Nachtwächter die Stunden ausruft - auf die Farbspuren hin, die langsam aber sicher auf die feinen Spitzen ihres BH's zulaufen. Und sie bedankt sich auch noch bei Meyer - dieser gefühlvollen Brechstange. Wie tief muß das Ableben Pöppelschneiders sie getroffen haben!

Währenddessen drückt sich in der hintersten Ecke des Ganges ein unauffälliger, diensteifriger Aktentransporteur Hilbers an der Wand entlang. Er fällt niemandem auf, da er ja sozusagen zum Inventar des Hauses

zählt. Die Scheiben in den Fenstern des Gebäudes beachtet ja auch keiner besonders.
Der Kommissar zählt zwar viele in Halbwissen schwelgende Mitarbeiter des Hauses - aber niemand befindet sich darunter, der kompetent ist.
So übernimmt Hufschmidt als erstes die Regie in dieser, mehr einem drittklassigen Theaterstück ähnelnden, Aufführung.
Mit der unüberhörbaren Anweisung an Meyer: *„Meyer, sorgen sie dafür, daß das Affentheater hier aufhört, "*
gibt er den Startschuss.
Im Nu hat Meyer das Heer der neugierigen Gaffer in die angrenzenden Büros verscheucht.
„Die Herde Mensch verhält sich hier bei uns auch nicht anders wie Otto Normal - wenn irgendwo was passiert ist" - richtet Hufschmidt den vor sich hingrantelnden Meyer seelisch ein wenig auf.
Ein, einem Honigkuchenpferd gleichender, über das ganze Gesicht strahlender Hilbers, läuft an Hufschmidt vorbei.
Er tänzelt fast - wie eine junge Balletteuse nach ihrem gelungenen Debüt an der Staatsoper - und singt Hufschmidt eilfertig zu: *„Ich habe eine Zustellung für Sie in meiner Mappe, die sie abzeichnen müssen."*
Bei diesen Worten plinkert er Hufschmidt an, wie ein verknallter Backfisch seinen ersten Schwarm.
„Ich bringe die Post gleich in Ihr Büro." Als wenn er auf diesem Satz schwebt, gleitet er den unteren Etagen zu.

"Bis der Schlosser hier ist, bin ich wieder zurück. Lassen sie solange niemanden ins Büro - selbst wenn es der Kaiser von China ist. Die Räume sind bis auf weiteres tabu," drückt Hufschmidt Meyer rigoros ins Gehirn, und folgt Hilbers auf den Fersen nach unten.

In der zweiten Etage herrscht friedhofsähnliche Ruhe. Das gesamte Fußvolk hat sich an den Ort der mittelbaren Handlung begeben. Hufschmidt verabscheut zwar diese undisziplinierte Neugier, aber im Moment ist er ganz froh darüber. Ermöglicht es ihm doch dieser Umstand, sich in Ruhe mit Hilbers auszutauschen.
Dieser, wie sich einmal mehr herausstellt, mit allen Wassern der norddeutschen Tiefebene gewaschene Ostfriese hat, gleich nachdem er vom Kommissar über das Ableben Pöppelschneiders informiert wurde, in den Zylindern der Türschlösser zu dessen Büro die Schlüssel abgebrochen.
Welches außerostfriesische Gehirn wäre auf so etwas gekommen. *"Hilbers - ich schlage sie für den nächsten Oskar vor"* - Hufschmidt kann in seiner Begeisterung kaum an sich halten. *"Mit so een Keerl kann ik rein niks anfangn - een Buddel Kööm wee mi leever."* Mit todernstem Gesicht, und völlig trocken, macht Hilbers dem Kommissar dieses Ersatzangebot.
"Eine Buddel bloß, Hilbers? Ich bezahl Dir zwei Wochen Vollpension in der Kaiserburg – gemeinsam mit Willem."

Hufschmidt kann im Moment wahrlich nicht überblicken, was er da, in seinem Überschwang an Freude, für ein Angebot unterbreitet hat.
Dem kleinen Hilbers fangen vor Rührung die Augen an zu tränen. Er sieht im Geiste schon Christins Badewanne voll mit dem herrlichsten Branntwein - und außerdem sieht er blinkende Wasserhähne, aus denen friesischer Gerstensaft sprudelt.
So hat er sich immer das gelobte Land vorgestellt, dafür würde er sogar die Krummhörn eintauschen. Eine Kostprobe davon hat der Kommissar ihm nun versprochen.
Wenn der in Hilbers Wunschtraumdenken schauen könnte - er würde sein Komplettangebot wahrscheinlich schnell revidieren. Was so ein Zuviel an Gefühl manchmal doch anrichten kann.

Zehn Minuten später ist Hufschmidt wieder im vierten Stock. Der Schlüsselspezialist ist gerade dabei, die Zylinder aufzubohren.
„Welcher Schafskopf hat es nur geschafft, zwei Schlüssel auf einmal abzubrechen" - flucht der Bohrmann laut vor sich hin. Ein selbstgefälliges *„wenn ihr mich nicht hättet"* folgt noch unmittelbar dieser Seelenlüftung.
Meyer bestärkt ihn, in seinem Denken über die Tollpatschigkeit gewisser Zeitgenossen, mit dem Satz:
„Keiner hat mehr Gefühl in den Fingern - wie die wohl mit ihren Frauen zu Hause umgehen!"

Als wenn der Schlosser Meyer von sich das Gegenteil beweisen will, hört man nicht das kleinste Geräusch, als er die Zylinder knackt.
Mit einer Zigarre, und mit einem dankbaren Schulterklopfen entlässt Hufschmidt den gefühlvollen und vor Selbstbewusstsein nur so strotzenden Türöffner in die Werkstattwelt im Untergeschoß des Präsidiums.

In den folgenden zwei Stunden pflügt das Gespann Hufschmidt / Meyer das Büro des Kriminalrats um. Eine wahre Fundgrube tut sich ihnen auf - als wenn sie in einer Kloake von verbotenen Beziehungen fischen - wie Meyer, angesichts des Fundes einiger hoch interessanter Adressen in einem Verschlußfach des Schreibtisches, sich ausdrückt.
„Geld macht gierig."
Hufschmidt versucht, mit dieser uralten Binsenweisheit seinen aufgebrachten Adlatus zu besänftigen - obwohl ihm die ersten gewonnenen Erkenntnisse auch über die Hutschnur gehen.
Mit zwei großen Pappkartons in den Händen verlassen sie zur Kaffeezeit das Büro, und verstauen diese sofort in Hufschmidts **Daimler.** Dieses Prachtauto gedenkt er noch ein paar Tage zu fahren - man kann sich auch an Luxus gewöhnen. *„Hufschmidt"* - warnt er im Stillen sich selbst – *„Pöppelschneider läßt grüßen".*
Bei der sich anschließenden Brotzeit in der Kantine - ziemlich alleine verlieren die beiden sich inmitten der leeren Tischreihen - eröffnet Hufschmidt seinem Meyer,

daß er sich schon mal an die Sichtung der Kriegsbeute machen muß. Und zwar in der Bülowschen Villa am Wald. Dann ist auch gleich jemand für Pollo da, während er - Hufschmidt eine Stippvisite nach Berlin machen muß. Die Hauptverpflegung für ihn und Pollo wird aus der Kaiserburg angeliefert werden. Für die Zwischenmahlzeiten ist Vorrat im Hause. Bei diesen Worten des Kommissars glätten sich Meyers Hungerfalten im Handumdrehen. Wird doch sein Nahrungsmitteletat dadurch merklich entlastet.

Beim Sicherheitsdienst des Bundestages - noch zu Bonner Zeiten - ist ein alter Spezi von Hufschmidt untergekommen. Ein Kommilitone aus seinen Studententagen an der Kriminalfachschule. Diesen Freund muß er um Hilfe angehen - nur ist das Telefon das denkbar schlechteste Instrument dafür.
Mit dem **Daimler** ist es nur ein Katzensprung in die Reichs - pardon - Bundeshauptstadt. Dazu noch ein ziemlich komfortabler. In zwei Tagen geht Freund Alois in Urlaub - und solange, bis der aus Kanada zurück ist, kann Hufschmidt nicht warten. Alois Seppelfricke - so heißt sein Spezi aus Hochschultagen mit vollem Namen - erwartet ihn noch heute Abend.
Im **Adlon** ist für den Düsseldorfer Kommissar schon ein Zimmer reserviert.
„Vornehm geht die Welt zu Grunde, " - Meyer muß hin und wieder seine dünn gesäten Kenntnisse der Weltliteratur zum Besten geben - sein Chef sieht es ihm

lächelnd nach. *„Recht haste ja - Meyerlein"* - in Momenten wie diesem wird Hufschmidt schon mal jovial - *„meine Welt ist **das** auch nicht unbedingt, aber einer unserer Kandidaten von den Bildern residiert so **anspruchsvoll**. Bei einem Waldundwieseabgeordneten ohne Vonzuhauskapital ist das reichlich merkwürdig - finde ich."* Meyer kann da nur zustimmend nicken.

Um Pollo aus der Kaiserburg abzuholen, und Meyer in der Grafenberger Rennfahrer-Villa einzuweisen, braucht Hufschmidt, Gott sei Dank, nur wenig Zeit.
Bevor in der Stadt die Lichter aufflammen, ist er schon auf dem Weg nach Osten - auf dem Weg in das wildpochende Herz der brandenburgischen Sandkiste
Das Meyer gegenüber gemalte Bild von einem komfortablen Katzensprung war doch wohl etwas überzeichnet. In den letzten hundertzwanzig Minuten ist er jedenfalls auf der völlig überlasteten A2 nur von Gütersloh bis Herford gehoppelt.
Wenn das so weitergeht, wird's wohl nichts mit dem schönen Berliner Abend bei Molle und Korn - zu dem ihn sein Freund eingeladen hat.
Mitternacht kann Wilt Hufschmidt schon mit den Gedanken greifen, als er noch eine Runde auf dem legendären **AVUS** - dem Berliner Ring - dreht. Das ist er von seinem Gefühl her der Seele des Daimlers schuldig, der mit dem alten Bülow selig in den jungen Jahren seines Autolebens so manche Schlacht hier geschlagen hat.

Der große Zeiger der Uhr in der Empfangshalle des **ADLON** hat seit der Geisterstunde einmal das Zifferblatt umrundet, als die dezent gestaltete Uniform am Entree ihm einen Guten Morgen wünscht.
In diesem Tempel der Gastronomie ist nichts von nächtlicher Ruhe zu spüren, als wenn der Lauf der Gestirne hier keine Rolle spielt.
Berlin schmeißt sich so nach und nach wieder in Schale - bekommt sein Vorkriegsflair zurück - wenn auch die Mode und die Ausdrucksweisen sich geändert haben.
Auf die Frage nach seinem Gepäck kann er dem livrierten Boy nur seinen kleinen Handkoffer an die Brust drücken, was der mit einem Blick quittiert, den er wahrscheinlich vom Leibdiener der englischen Königinmutter übernommen hat.
Wer hier ohne extra Bagagewagen hereinschneit, hat gleich den unsichtbaren, aber für jeden gut lesbaren Stempel **Gesindel** auf der Stirn. **Herrschaften reisen stets *mit* Gepäck!**
„Für den Herrn aus Düsseldorf wurde eine Nachricht hinterlegt" meldet sich eine Stimme aus den hinteren Gefilden.
Dieser Satz taucht mit so spitzen Fingern am Tresen auf, als wenn er mit einer Gurkenzange herübergereicht wird.
Provinzheini ist unüberhörbar in den wenigen Worten verpackt.
Hufschmidt amüsiert sich offensichtlich - und nicht bloß im Stillen - über die blasierte Empfangsdame.

Er kann es sich nicht verkneifen, seinem freundlichem „Dankeschön" noch hinterherzuschicken: „aber elektrisches Licht haben wir in Düsseldorf auch schon!"
Ein rötlich angehauchter Frauenkopf verschwindet eiligst hinter der Barriere.
Die kurze Nachricht ist von seinem Freund Alois. Sie verrät ihm mit dürren Worten, wo der zu finden ist: nämlich in der Kellerbar am Buffett.
So war er schon immer - der Alois. Wenig Worte, und viele schöne Frauen. Der **Herr aus Düsseldorf** will, bevor er sich in die Bar begibt, zuerst den Staub der Straße loswerden.

Hufschmidt folgt leichten Fußes dem voraneilenden Pagen auf das Zimmer. Zimmer denkt er leichthin - bis er einen Schritt über die Schwelle hinter sich hat. Instinktiv schaut er sich nach Kameraleuten und Komparsen um, die in dieser Umgebung einen Streifen drehen.
    Eine filmreife Kulisse empfängt ihn - und ein unübersehbar unaufdringlich die Hand aufhaltender, um zehn Mark reicherer Kofferträger verläßt ihn. Pluspunkte beim Fußvolk für Hufschmidt zurücklassend.
Er fragt sich im Stillen, was Meyer in diesem Moment wohl für einen Kommentar komponieren würde.
Lange braucht Hufschmidt nicht, um sich landfein zu machen - wie sie zu Hause immer sagten, wenn es des Samstags ins nächste Dorf zum Schwofen ging.

Schnelle Kostümwechsel hat er sich außerdem in den Jahren seines Junggesellendasein zu Eigen gemacht. Fünfzehn Minuten Schaumbad gönnt er sich aber doch. Das muß sein, nach sechs Stunden hinterm Lenkrad hocken.

Die Sekunden des Schlüsselabgebens an der Rezeption verschaffen ihm noch einen kleinen Genus gratis.
Die Hintergrunddame, die mit der spitzfingerigen Gurkenzange für ihre Worte, ist gerade im Begriff, dem Boy eine Kristallvase mit Orchideen zu reichen.
Beim Anblick des Kommissars läßt sie diese einfach zu Boden fallen. Bevor das kostbare Stück auf dem Parkett in viele Teile zerspringt, lädiert es noch liebevoll den Knöchel des Pagen.
Sie sieht vor sich ein Mannsbild im Smoking, dem sie auf der Stelle eine Hälfte ihres Bettes abtreten würde - natürlich unentgeltlich. Die Lady steht immer noch mit offenem Munde an derselben Stelle, als Hufschmidt ihr schon zehn Schritte lang den Rücken zeigt.
Der Weg in die Bar erscheint ihm wie ein Streifzug durch alle sechs Kontinente, mit den verschiedensten Rassen und Hautfarben.
Den menschenleeren sechsten Kontinent präsentieren die Ober in ihren Fräcken - **Pinguine,** wie Hufschmidt die Vertreter dieses Berufsstandes seit seiner Aushilfsjobberei während des Studiums in einem vornehmen Frankfurter Hotel bezeichnet.

Alois Seppelfricke muß er - wie Wilt Hufschmidt es schon aus ihrer Studentenzeit kennt - in einer Traube reizender Weiblichkeit suchen. Der einzige Unterschied zu früher - konstatiert er bei sich - besteht in der Art der Früchte. Vor zwanzig Jahren waren es kaum erblühte Pflänzchen - und heute sind es strahlende Blumen, von denen ein betörend sinnlich wirkender Duft ausgeht.

Als der umschwärmte Alois seinen ehemaligen Studiosus erblickt, ruft er laut über die Köpfe der Damen hinweg: *„Grüß Gott, du alter Schwerenöter!"*
Schwerenöter - sagt dieser Schwerenöter zu **ihm**, der die Herzen die er in seinem Leben gebrochen hat, noch in einer Pillenschachtel aufbewahren kann.
Vielleicht ist um Mitternacht aber ein ganz besonderer Tag für ihn angebrochen, denn einem reizenden Geschöpf in dem Strauß bunter Blüten um Alois dem Herzensbrecher, fällt, im Drehen zu ihm hin, der Sektkelch aus der Hand - und die hold errötende scheint es nicht einmal bemerkt zu haben.
Zweimal tanzt er mit diesem wunderschönen Geschöpf - jedesmal mit dem Gefühl, einem Tigerweibchen in die Augen zu schauen.
Als sie geht, weiß er nichts von ihr - außer ihren Namen: Genevieve - und der schwingt wie Musik durch seine Gehirnwindungen - Musik, die das Gefühl transportiert, für kurze Minuten dem glühenden Inneren eines Vulkans nahe gewesen zu sein.

Alois ist natürlich nichts von dem entgangen, wie er Wilt Hufschmidt kund tut, als sie später allein an der Theke sitzen - und er ihn direkt heraus fragt, wie man sich, mit einigen hundert Milliönchen in den Armen denn fühlt.

Hufschmidt schaut seinen Freund an, wie der besagte Ochse vor dem Tor. *„Ich bin ein kleiner, latent unterbezahlter Kripo-Kommissar - und kein potentieller Flick-Erbe"* - meint er Alois aufklären zu müssen.

Der lacht aus vollem Halse: *„Das kann ich mir denken - die Flicks hatten auch sicher keine fruchtbaren Verbindungen in euer Ossiland."*

Ein paarmal muß er heftig Luft holen, der Bayer in Berlin. *„Mit den Kohlen, die Dich seit Deinem Eintreffen angehimmelt haben, könntest Du Flick hundertmal kaufen!"*

Hufschmidts Gesichtsausdruck hat sich nicht im Geringsten verändert - höchstens, daß der Ochse in seinem Blick größer geworden ist.

„Man - Huschmich" - da ist er wieder - sein alter Spitzname. Alois packt seinen Freund handgreiflich an der Schulter: *„Kapierst Du immer noch nicht?"* Jetzt sieht Alois aus, wie der Kuhmann vor dem Tor. *„Genevieve gehört halb Südamerika. Ihr Mann hat vor nicht ganz zwei Jahren das Zeitliche gesegnet."*

Alois muß sich erst mal einen **MARTINI** genehmigen, als wenn ihm Hufschmidts Begriffsstutzigkeit die Kehle ausgedörrt hat.

„Fünftausend Volt als Badezusatz waren selbst für den großen Don Ricchione zuviel."
Dem Kommissar fällt es wie Schuppen von den Augen - der große Kartellboss aus Kolumbien. Ungläubigkeit ist bei ihm immer noch das bestimmende Element.
„Und Genevieve ist seine Witwe?"
„Na, endlich scheint es bei dir zu klimpern!" Man kann Alois die Erleichterung im Gesicht ansehen. *„Ich weiß auch nicht, was sie an Dir gefressen hat - sooft sie hier aufkreuzt - nie hat auch nur jemand ihre Garderobe berührt - und wenn's einer anfangs mal versuchte - er wurde' nicht wieder gesehen - in diesem verruchten Berlin."*
Hufschmidt meint in Aloisius Stimme so etwas wie wehmütiges Bedauern festzustellen. *„Und Du..?"* fragt er sein Gegenüber leicht zweifelnd.
Nach ein paar tiefen Atemzügen fragt der zurück:
„Schau ich etwa so aus, als wäre ich lebensmüde?" Er nippt an seinem **MARTINI**. *„Auch wenn ich bei der Bundestagspolizei bin - das Leben ist auch so schön. Der Mensch kann eben nicht alles haben."*
Ob dieser Erkenntnis badet er seinen bayrischen Charakterkopf in purer Melancholie.
„Dahinten am Ecktisch - neben der Ladung Dynamit - sitzt einer Deiner Spezi."
Seppelfricke hat sich nicht gerührt - ist um keinen Deut aus seiner Betrübnis herausgetreten - als dieser Satz fast lautlos zu Hufschmidt herüber weht.

Spätestens jetzt weiß der Kommissar, daß sein Studienfreund ein hochkarätiger Profi ist.
Mit keinem Wort hatten sie bisher über den Grund seines Kommens gesprochen. Hufschmidt hatte am Telefon nur lakonisch seinen Berlinbesuch angekündigt. Mit der Ladung Dynamit meint Alois S. eine rassige schwarzhaarige Schöne, die neben einem Glatzkopf von Werner Bülows Photos sitzt. Sitzen - fühlt Hufschmidt - ist der falsche Ausdruck - sie hält Hof.
„Da muß der Wählerstimmenvertreter neben ihr aber gewaltig investiert haben, " geht genauso lautlos zu seinem Freund zurück.
*„Du täuscht Dich - ich habe nicht gesagt, daß sie sein Betthase ist - sie ist nicht seine **Mätresse** - **sie** ist der Boss!"*
Der Düsseldorfer Kommissar begreift nicht sofort, was sein Freund sagen will. Erst als von dem noch hinterher kommt:
„Erste Moskauer Garnitur - ein Tartarenpferdchen allererster Güte" geht ihm ein Licht auf, und beleuchtet in ihm leises Verständnis für die Primadonna am Hotelempfang.
Mit der Einstufung als Provinzheini lag sie vielleicht gar nicht **so** falsch.
Die Zeiten, daß von Düsseldorf als Schreibtisch des Ruhrgebietes die Fäden gezogen wurden, gehörten der Vergangenheit an – das war selbst dem leichtgläubigsten Kleinaktionär in Deutschland schon aufgegangen. Schickimicki war gefragt – und schnelles

Geld. Die schillernden Figuren undurchsichtiger Geschäftemacher verdunkelten auch am Rhein den Himmel.

"Man merkt - ihr seid in Eurer Altbierhochburg noch ein bißchen weltfremd – selbst der Karneval bringt euch da keine Erleuchtung mehr."

Gegen **rheinischen Karneval** und **Altbier** hegt der Urmünchener Alois eine tiefe, angeborene Abneigung. **Münchner Fasching** und **Wiesenbier** sind für ihn das Nonplusultra. Wen wundert's.

In Hufschmidts protestierendes Luftholen schickt Alois abschwächend: *„ich meine in Sachen neuer krimineller Wirtschaftsmacht"* hinein.

Dagegen hat der Kommissar nach seinen Erkenntnissen der letzten Tage keine Argumente.

„Ihr seid hier in Berlin ja auch ein gehöriges Stück näher am Ball." Hufschmidt hat das Bedürfnis, seine Begriffsstutzigkeit erklären zu müssen.

„Näher am Ball hast du gut gesagt" - der Bayer von Geburt grinst über das ganze Gesicht - *„an Berlin scheuern sich die russischen Säue die Schwarte!"*

Er hat sich das Grinsen aus dem Gesicht gewischt, als er fortfährt:

„Und unsere Politiker verhalten sich wie ein verdorrter Baum in der Wüste - sie lassen es ohne Abwehr geschehen."

Eine Beurteilung der neuen Verhältnisse, mit der er ganz sicher nicht allein dasteht.

"Oder mischen sich unter die Säue," kann Hufschmidt sich nicht verkneifen das Empfinden seines Freundes zu ergänzen.

Während ihrer Konversation haben die beiden den Eindruck erweckt, einzig und allein mit ihren Gläsern beschäftigt zu sein.
Die Spiegelwand des Buffets informiert sie über das Geschehen hinter ihnen wie ein neutraler Beobachter.
Die Ladung Dynamit am Ecktisch scheint mit einer brennenden Lunte versehen worden zu sein - die Angst vor einer Explosion steht ihrem Tischherrn ins Gesicht geschrieben.
"Das andere Gesicht, für das Du Dich interessierst, ist offiziell in Istanbul. Offiziell - wohlgemerkt. Tatsächlich schwirrt es irgendwo in Saddam Husseins Machtbereichen herum. Du siehst, es entgeht uns nichts"
Alois S. verzieht keine Miene während dieser Informationsflut. Es scheint, als ob er übers Wetter redet.
Hufschmidts Gesicht ist genauso unbeteiligt - aber sein Kopfinneres besteht aus tausend Fragezeichen.
"Woher weißt Du, für wen ich mich interessiere?"
Seine Neugier frisst ihn bald auf.
"Wir sind hier so etwas wie der liebe Gott." Die Selbstironie in Alois's Stimme ist nicht zu überhören.
"Der alte Herr da oben weiß auch im voraus, wann hier unten jemand eine Untat begehen will - und läßt ihn trotzdem gewähren."

Sein Freund Alois läßt Hufschmidt noch eine Weile im Irrgarten der Rätselhaftigkeit suchen.

„Ach weißt Du - Deine Reise nach Berlin war für mich schon seit ein paar Tagen überfällig. Ich habe sie nur etwas forciert, indem ich Dir sagte, ich würde auf eine Reise nach Kanada gehen"

Alois sagt das so dahin, wie wenn man dem Nachbarn einen guten Morgen wünscht.

„Als eure Kennzeichenanfrage durch unsere Filteranlage lief, wußte ich, daß ich von Dir Besuch bekommen würde."

Die Gewissheit in Seppelfrickes Stimme ist durch nichts zu erschüttern, als wenn ein glaubensfester Pastor aus der Bibel vorliest. So scheint es dem Kommissar aus der Rheinischen Tiefebene – als Alois S. auch schon fortfährt:

„Wenn jemand anderer die Ermittlungen geführt hätte – man hätte das Loch mit Sicherheit schon zugeschüttet. Die Notiz: Kommissar Hufschmidt leitet die Ermittlungen, hat mich beruhigt – als dann Dein Anruf kam - da wußte ich: Hufschmidt steht immer noch für Qualität!"

Der so gelobte muß die Texte erstmal für sich ins Reine schreiben, denn hier in Berlin eröffnet sich ihm eine völlig andere Welt.

Die Bar hat sich mittlerweile geleert. Man rüstet sich auch in dieser Abteilung des irdischen Daseins für den neuen Tag. Der nächtliche Ankerplatz der rassigen,

dynamitgeladenen Schönen aus Russland liegt so verlassen da, als wenn nie jemand dort gesessen hätte.
„Gleich fünf Uhr - zu Bett gehen lohnt sich nicht mehr."
Seppelfricke streckt herzhaft gähnend alle Glieder von sich.
„Wie wär's, wenn wir jetzt bei Dir oben in Deiner Oase unter die Dusche hüpfen – und dann rüber in den Reichstag?"
Jedermann sagt hier Reichstag – Bundestag will einfach nicht in die Köpfe der Berliner. Fragend schaut Seppelfricke Wilt Hufschmidt an. *„Dann haben wir drüben noch ein wenig Zeit – bevor der Käfig sich füllt."* Erklärend hängt er hinten dran: *„Ab sieben Uhr früh meint man, man wäre im Zoo!"*
Hufschmidt ist einverstanden, und will gerade den Verzehr auf die Zimmerrechnung setzen lassen, als Alois ihm vehement in den Arm fällt.
„Das laß man lieber bleiben, mein Freund – das übernehme ich. Sonst ist Dein Spesenkonto ausgetrocknet, bevor Du Gelegenheit hast, Deine Badehose naß zu machen."
Ziemlich ohne Verstand schaut Hufschmidt seinen Nebensitzer an. Der schiebt ihm wortlos eine Getränkekarte zu, auf die hier sonst niemand ein Auge wirft. Adlongäste fragen nicht nach Preisen.
„Donnerwetter" – mehr kommt aus Hufschmidt nicht heraus – bevor er kräftig schluckt. Der Preis, der hinter MARTINI steht, hat es in sich. *„Dafür serviert man mir*

*in Düsseldorf ja eine ganze Flasche irischen **Whiskey***" – muß er denn doch noch loswerden.

„Wir sind ja hier auch nicht in der Provinz" – kann Seppelfricke sich nicht verkneifen, auf die Beurteilung der Empfangsdame anzuspielen – von der Hufschmidt ihm erzählt hat.

Um sechs Uhr passieren die beiden Freunde, frisch aufpoliert, die Sicherheitsschleuse des Bundestages. Hufschmidts Dienstausweis wird einer gründlichen Überprüfung unterzogen.

„Man hat schon Dienstausweise aller Schattierungen hier entdeckt – bildschön und makellos – bloß der Aussteller war oftmals nicht der auf dem Kärtchen angegebene" entschuldigt Alois sich bei seinem Freund für die rigorose Kontrolle an den Eingängen zu den sensiblen Bereichen.

*„Die besten **Duplikate** stammen von unseren russischen Kollegen aus Moskau – das haben sie da nicht verlernt während der Perestroika."* Hufschmidt sieht förmlich, wie Seppelfricke innerlich den Hut vor den Fertigkeiten der östlichen Kollegen zieht.

„Wir sind hier die Nieren dieses Körpers Reichstag – die dafür sorgen, daß das Blut sauber bleibt."

Diesen Vergleich seines Kollegen findet Hufschmidt gar nicht so schlecht – den muß er sich merken.

„Ich hab die Tage schon mal vorgearbeitet, und meine Verbindungen spielen lassen."

Hufschmidt stolpert über die Worte seines Freundes von einer Sprachlosigkeit in die andere.

„Ich denke, Du willst schnellstens wieder die Düsseldorfer Radschläger beehren – den versprochenen Abend bei Molle mit Korn holen wir demnächst nach."

Alois sagt das so bestimmt, als wenn er selbst Hufschmidt ist.

„Das hier ist unser Fort Knox" – mit diesem kurzen Satz weist Alois auf eine stählerne Wandfläche in dem fensterlosen Raum, den sie gerade betreten haben. Hunderte zylinderförmiger Tresore mit dem Durchmesser einer Konservendose befinden sich an der Längsseite des Raumes.

„Hier lagert unser Eingemachtes" - so wie Alois es sagt, klingt es absolut nicht abwertend, eher ein wenig Stolz – *„ganze Heere von Geheimdiensten könnten gut davon leben."*

Nach ein paar Schritten ist er vor einer Konsole stehen geblieben. Nachdem er einen täglich wechselnden Codex eingegeben hat, legt er seine Hände auf eine spiegelnde Fläche – ein Sichtfenster vor ihm reguliert sich auf seine Augenhöhe ein, und eine sympathische Frauenstimme fordert ihn auf, seinen Namen zu nennen.

„Vierfache Absicherung unserer Früchte" – dabei huscht **doch** ein Lächeln über sein Franz-Josefs Gesicht. *„Erkennungstext, Handabdruck, Augenkontrolle und Stimmenmodulation – eigentlich nicht zu knacken."*

Dem aber gleich ein zögerndes *„Es sei denn, jemand spielt falsch"* – folgt.

Von einem leisen Summen begleitet, schiebt sich ein Zylinder aus der Stahlwand, dem Seppelfricke eine kleine Rolle entnimmt. Das Summen wird von Sensoren registriert, die noch einmal die Berechtigungsdaten kontrollieren, und bei der geringsten Abweichung den Inhalt zerstören. Er drückt sie Hufschmidt mit den Worten *„Meine Informationen – ein Geschenk für Dich"* in die Hand.

Entgeistert betrachtet Hufschmidt das kleine Etwas auf seiner Handfläche. Es ist die Filmrolle mit den Negativen aus Dormagen. *„Jetzt mußt Du mir aber einiges erklären."*

Als er dies sagt, hat Hufschmidt die beiden Toten aus dem Photogeschäft vor Augen.

„Wart Ihr das in Dormagen?" Seine Stimme klingt wie eingerostet, als er seinen Freund danach fragt.

Alois legt seine Hand auf Hufschmidts Arm: *„Ja und nein – nicht die beiden Toten. Wir kamen leider um die berühmte Nasenlänge zu spät – die anderen hatten schon zugeschlagen. So etwas wäre sonst nicht geschehen."*

Ein paar Atemzüge lang macht sich zwischen den beiden Freunden eine Stille breit, die man mit einem Messer zerschneiden könnte.

Seppelfricke fängt sich als erster wieder. *„Lange haben sie sich aber nicht daran erfreuen können."*

Wieder schweigt er für die Zeit von dreimal Luftholen.

"Nach fünf Kilometern haben unsere Jungs die Bande gut versorgt. Ihre Auftraggeber werden sie vergebens suchen – sie haben sich praktisch aufgelöst."
Bevor der Kommissar das soeben Gehörte verdaut hat, fährt Alois schon fort: *"Eine kleine Hilfeleistung unserer **Chemischen Industrie** – so ein Säurebad pur."*
Hufschmidt kann nicht umhin, seinen Freund aus alten Tagen entgeistert anzuschauen. *"Sag mir endlich **wo** ich hier bin – und was **Du** bist."* Seppelfricke, der inzwischen den Tresor wieder geschlossen hat, wendet sich Hufschmidt zu: *"Komm – laß uns in mein Büro gehen. Ich mach' uns einen Kaffee."*

Schweigend bringen sie eine Reihe verwinkelter Gänge hinter sich. Seppelfrickes Büro sieht aus wie die Standardausführung eines Abteilungsleiterarbeitsplatzes, wie sie zwischen Konstanz und Flensburg allgemein üblich ist. Kein Schnörkel zuviel – kein Hinweis auf eine höhere Position.
Sogar die Kaffeemaschine steht – genau wie in Hufschmidts Büro – gleich vorne links. Auf dem ersten Aktenschrank neben dem Handwaschbecken. Es bietet sich ihn eine vertraute Atmosphäre sozusagen. Zwischen hier und der hochtechnisierten Sicherheitszentrale liegen Weltenräume.
Den ersten Becher mit heißem, duftendem Kaffee in der Hand, fängt Alois S. zu erzählen an.
*"Seit zwei Jahren haben wir eine Sonderabteilung **D** in unserem Hause, deren Leiter ich bin."*

Mit Sonderabteilung **D** kann Hufschmidt absolut nichts anfangen. Aus diesem Unvermögen befreit sein Freund ihn mit den nächsten Sätzen. *„Wir hatten ein großes Problem – das haben wir zwar noch, aber wir haben einen Weg gefunden, auf dem wir etwas dagegen unternehmen können."*
Alois schlürft laut und genüßlich seinen heißen Kaffee.
„Eine Einsatzgruppe von Spezialisten, die nur dem Bundessicherheitsrat unterstellt ist. Übrigens – das größte Hindernis bei unserer Aufstellung waren einige profilierungssüchtige Innenminister unserer Bundesländer. Von den Holländern und Franzosen haben wir die entscheidende Rückenstärkung erhalten. In Europa dürfen wir uns frei bewegen – leider nur" – fügt er bedauernd hinzu.
„Der Sicherheitsapparat des Bundestages ist in Deutschland unser Deckmantel."
Wer ihm gut zuhört spürt, daß er mit seinen Leuten am liebsten weltweit operieren würde.
*„Uns normalen Gendarmen fahrt ihr damit aber sicherlich **häufiger** an die Karre ..."* Hufschmidts bedenkliches Gesicht kann sein Freund Alois nicht so in dessen Kopf sitzen lassen.
„Wir sind keine Rambos – und in Dormagen wollten wir ja gerade das, was dort passiert ist, verhindern."
Man sieht ihm an, dass die Vorgänge ihm nicht gleichgültig sind.
„Zum Leben erwecken konnten wir die Toten aber auch nicht wieder."

Ein zweiter Becher Kaffee muß her – die altersschwache Kaffeemaschine köchelt asthmatisch vor sich hin, bringt Hufschmidt belustigt zum lächeln – auch der Kaffeekocher in seinem Büro hat schon Arthrose.
Meyer hatte schon mal ernsthaft ein Benefizkonzert der Fortuna Balltreter im Rheinstadion in Erwägung gezogen – zur Erneuerung der Kaffeemaschinen im Polizeipräsidium.
Als wenn Alois S. Gedanken lesen kann, fordert er: *„Kein Wort, von dem was Du hier erfahren hast, darf diesen Raum verlassen. Wenn Du hier raus gehst, mußt Du alles vergessen haben – und mag Dich Dein Meyer auch noch so löchern – uns gibt es nicht."*
Hufschmidt sieht Bilder von Konquisatoren durch sein Empfinden laufen. Irgendwie ist seine Vorstellung von der Gesellschaft aus dem Rahmen gefallen – um die hunderttausend Puzzleteile wieder zu einem einigermaßen verständlichen Ganzen zusammenzufügen, wird es wohl einige Zeit brauchen.

Nebel zieht in Seppelfrickes Büro auf – Nebel, den die beiden begeisterten Zigarrenraucher ununterbrochen mit ihren Lungentorpedos produzieren.
Seppelfrickes Entgegnung, auf manchmalige Beschwerden ob seiner Qualmproduktion, zeugt von wahrhaftigem Gleichmut. *„Wer miteinander reden will, muß sich ja nicht unbedingt auch sehen!"* Die so beschiedenen halten dann meist ihre Klappe.

„Wir sind schon eine Weile auf der Spur der Ehrenmänner, die jetzt durch Zufall Deinen Weg gekreuzt haben."
Gedämpft zieht Alois's Eröffnung durch den blauen Dunst.
„Wir müssen sie notgedrungen noch ein Weilchen ihr Spiel spielen lassen."
Alois S. zündet sich umständlich eine jungfräuliche achtziger Fehlfarben an – auf diese Granaten schwört er seit seiner Studentenzeit – bevor er weitere Offenbarungen verkündet.
„Wir kennen noch nicht jede der Figuren auf diesem Spielbrett – zumindest haben wir sie noch nicht alle im Visier."
Satz für Satz aus dem Munde seines Freundes läßt in Hufschmidt das Begreifen über das Wirken der Geistertruppe **D** wachsen.
„Euer Sesselpupser – wie ihr ihn genannt habt..."
Hufschmidt muß - trotz seiner offenen Verwunderung darüber, daß Pöppelschneiders Präsidiumsspitzname hier in diesem Berliner Bunker bekannt ist - laut lachen.
*„Wie seid **Ihr** denn an den Namen gekommen?"* fragt er zwischen zwei Prustern seinen Kollegen.
„Hab ich nicht schon mal erwähnt, daß wir eine allwissende Instanz sind?" Alois sagt das so gewichtig wie ein kleiner Junge, der davon überzeugt ist zaubern zu können.
„Also nochmal – Euer anscheinend gutsituierter Kriminalrat Pöppelschneider diente mehreren Herren."

Diese Eröffnung trifft Hufschmidt zwar nicht wie eine Keule, aber die Bestätigung eines Verdachtes kann auch ganz schön deprimierend wirken. *„Bei soviel Moos auf der Kante . . ."* drängt es ihn dazwischen zu schieben.
Die Verblüffung in Seppelfrickes Gesicht ist nicht gespielt, als er Hufschmidt unterbricht: *„Ihr habt nicht gewusst, daß die Kalorienbombe Pöppelschneider schon lange pleite war?"* Fassungslosigkeit schwingt in den Worten mit. *„Der Gute konnte doch schon jahrelang an keiner Karte, und an keinem Spieltisch vorüber gehen – ohne sein Glück zu versuchen."*
Irgendwie tut sein Freund Hufschmidt ihm in seiner Ahnungslosigkeit leid, als er vor sich hin sinniert: *„Da kann man mal sehen – so unbegabt war der Dicke also doch nicht. Spielt in seinem eigenen Apparat vor vollbesetztem Haus über Jahre erfolgreich Komödie. Das ist schon einen Applaus wert."*
Einer frischen achtziger Fehlfarben legt er Feuer unter den Hintern – soweit man bei einer Zigarre von Hintern sprechen kann.
„Gibt es in Eurem internen Dienst eigentlich nur Schlafmützen?" kann Alois sich nicht enthalten zu fragen.
Was soll Hufschmidt darauf antworten – die Interne, wie sie allgemein genannt wird, führt ein homogenes Leben im Präsidium. *„Das war des Kriminalrats Refugium – das hütete er wie eine Mutter ihr behindertes Kind."* Ziemlich lasch klingen seine Worte – das geht ihm selber auf, als er das sagt.

Seppelfricke trifft natürlich genau in diese Kerbe: *„Ihr habt da eine ziemlich große Pestbeule am Hals – wenn die platzt, dann wird's ganz schön stinken bei Euch in Düsseldorf – und nicht nur da."*
Er schüttelt sich in Gedanken an dieses Spektakel – die diversen Duftnoten ziehen wohl schon durch sein Riechorgan.
„Nun komm aber um Gotteswillen nicht auf die Idee, zu Hause das Chirurgenmesser heraus zu holen – Du würdest doch nur die Streugewächse erwischen – die Operation ist unsere Sache." Hufschmidt spürt, da ist kein Millimeter Raum für Diskussionen – so wie sein Freund das zu ihm sagt.
Speiübel ist ihm plötzlich zumute. Die Bezeichnung dreckiger Sumpf – wie er erst vor ein paar Tagen – ist es wirklich erst ein paar Tage her – zu Karin Müller gesagt hat, erscheint ihm jetzt wie pure Schmeichelei.
„Huschmich" – das Alois seinen alten Spitznamen benutzt, ist für Hufschmidt die Gewissheit, daß sich zwischen ihnen nichts geändert hat – *„Huschmich – Du mußt deine Grazien aus München zurückpfeifen. Wie Du das machst, ist Deine Sache. Aber mache es."*
So langsam zweifelt auch Hufschmidt nicht mehr an der Einlassung Seppelfrickes von der himmlischen Macht – angesichts der immer neuen Beweise seines Wissens.
„Was sie bisher in meiner schönen Heimat erreicht haben, sollen sie einpacken – und dann schleunigst sehen, daß sie Land gewinnen." Seppelfrickes ansonsten

blaue Augen sind zu stahlgrau übergewechselt. Wer ihn, wie Hufschmidt kennt, weiß um den inneren Aufruhr in dessen urwüchsigem Körper.
„Es spuren schon Wölfe auf ihrer Fährte – und Du willst sie doch sicher gesund wiedersehen, Deine Herzensdamen!"
Ein kleines Lächeln streicht um die Augen des bayrischen Urgesteins. Vielleicht denkt er in diesem Moment auch gerade an eine seiner Herzensdamen – wer weiß das schon.
„Euer Kriminalrat war beileibe nicht das einzige Fettauge auf der Suppe, in der wir am rühren sind."
Er sagt das ohne Emotionen, während er die Kaffeemaschine wieder zu neuem Leben erweckt.
Das museumsreife Stück scheint sich in der Zwischenzeit ein wenig erholt zu haben. Sie röchelt und keucht nicht mehr – sie pfeift bloß noch leise vor sich hin. Vielleicht hat der aromatische Zigarrenrauch ihr auch bloß eine andere Tonlage verschafft.
Man kann nie wissen – schließlich ist so eine Kaffeemaschine ja auch nur ein Mensch – hat Meyer einmal gesagt.

Mit einem brandheißen, frisch gefüllten Trinkbecher versorgt, bekommt Hufschmidt die nächsten Neuig- oder Halbneuigkeiten über den Tisch gereicht.
„Bei unserem fischen in der trüben Brühe haben wir auch ein paar schmuddelige Zutaten vom LKA entdeckt."

Hufschmidt stülpt sich die Vermutung über, dass es seinem Freund wohl ein diebisches Vergnügen bereiteseinem Freund bereite, ihn, als wackeren Kriminalisten der er ist, mit den Unrühmlichkeiten der Welt bekannt zu machen.
„Fünf Köpfe tauchen immer wieder auf – der dickste darunter gehört dem Kollegen Krasnek." Genussvoll schlürft Alois seinen schwarzen Trank.
„Bei Krasnek und seinem Kollegen Schröder, bei diesen beiden war ich mir auch sicher, daß sie in fremden Stiefeln laufen," wirft Hufschmidt ein, *„denn Schröder war mit einem, mir noch unbekannten Mann, am Mordabend in Pöppelschneiders Villa."*
Oh Gott, ist Hufschmidt froh, auch mal etwas zur Unterhaltung beitragen zu können. Alois Seppelfricke duldet aber anscheinend keine Begeisterungswolken in den Köpfen seiner Gesprächspartner.
„Während Du auf dem Rücksitz des Daimlers froh warst, endlich Meyers Volksmercedes vom Halse zu haben. Na ja – mit dem Fresspaket, daß Du ihm mitgebracht hattest, hast Du das ja spielend geschafft."
Hufschmidt wäre um ein Haar fast der Kaffeebecher aus der Hand gerutscht. Diese Begebenheiten stehen doch nun wirklich nirgendwo geschrieben. Sein Gefährte aus jungen Tagen wird ihm langsam unheimlich.
„War die Wirtshausschlägerei an der Ecke zur Venloer Straße nicht filmreif in Szene gesetzt?
Alois grinst seinen Freund impertinent an.

„Wir mußten Dich doch ablenken, damit Schröder verschwinden konnte. Den Wagen mit dem Glatzkopf hast Du dann ja noch gesehen."
Bevor die Worte Seppelfrickes ihn komplett erreicht haben, liegt Hufschmidts Trinkgefäß tatsächlich am Boden. Die Reste des Kaffees drüseln sich auf den Fliesen zu einer Pfütze zusammen.
Alois flankt ihm von der Stange am Waschbecken ein Tuch herüber. Als wenn es in das Tuch eingepackt ist, weht ein:
„Schröder vergiss mal schnell – der gehört zu uns" zu ihm hin. *„Schröder hat sich über seine Dienststellung beim LKA an Krasnek rangemacht. Er hat als Krasneks scheinbarer Komplize schon allerhand auszustehen gehabt – seine Knochen tun ihm heute noch weh von den vierzehn Stunden unfreiwilligem Sesselschlaf,"* ein Anflug von Lachen kräuselt Alois's Gesicht. *„Bei passender Gelegenheit wird er sich bei Deinem Meyerlein sicherlich noch dafür bedanken wollen."*

Hufschmidt hat diese Mitteilung noch gar nicht richtig bei sich eingeordnet, als schon wieder eine neue Fuhre Überraschung angerollt kommt: *„Der Saubermann Kriminalrat Pöppelschneider hat sich selbst erschossen!"*
Dieser Satz kommt auf Hufschmidt zu, wie ein Brocken von der Größe des Mount Everest – den er aber, in seinen Augen erfolgreich, pariert.

„Da liegst du völlig falsch, mein lieber Alois. Die Bestätigung unserer Vermutung, dass er sich nicht selbst erschossen hat, haben wir von . . ."
„Adrianus – ich weiß. Der gute alte Adrianus" – in Seppelfrickes Augenwinkeln blitzt der Schalk – *„wenn Du in Düsseldorf zurück bist, wird Addi Dir was anderes erzählen."*
„Willst Du damit sagen ...?" Hufschmidt hat erneut Mühe, Worte zu finden.
„Ich wußte doch, was Du als erstes unternehmen würdest – ich kenn Dich doch schließlich lange genug. Hätten wir Dich frei agieren lassen – unsere ganze Ermittlungsarbeit wäre für die Katz gewesen."
Alois's Bergbauerngesicht strahlt die Unschuld eines Babys aus.
„Der gute Professor Leichenschneider wußte schon eine Stunde bevor Ihr mit eurem Viehtransporter bei ihm eingetrudelt seid, was Ihr in dem Kurzbericht von ihm hören würdet."
Lieber Alois, du gehörst nach Hollywood, als Regisseur – schießt es Hufschmidt durch den Kopf – und Addi Klaver kannst du gleich als Assistenten mitnehmen – denkt er noch hinterher.
„Von Dir und Deinem Meyer wußte ich, in welche Richtung der Hase läuft - nur Deine beiden Damen sind mir in meiner Vorausplanung aus dem Ruder gelaufen."
Am Tonfall Seppelfrickes hört man, daß ihn diese Fehleinschätzung irgendwie ein bißchen ärgert.

Als wenn er diese Scharte auswetzen müßte, schickt er für Hufschmidt gleich den nächsten Donnerschlag hinterher: *"Bei Eurem nächsten Generalbesäufnis in der Kaiserburg bin ich aber dabei!"*
Soviel Überraschungen wie in den letzten Stunden sind Hufschmidt, in seinem wahrlich ereignisreichen Leben, noch niemals in einem Paket untergejubelt worden.
"Seid ihr eigentlich allgegenwärtig?" Ein bißchen unterbelichtet – Meyer würde in einer solchen Situation **blöd** sagen - kommt er sich schon vor, als er diese Frage an seinen Freund richtet. *"Sag mir jetzt nicht, Christin Hunscher gehört auch zu Euch – dann fall ich vom Glauben ab!"* Hufschmidt flattert die schiere Verzweiflung durch seine Gedanken.
"Keine üble Vorstellung mein Lieber – das muß ich mir mal durch den Kopf gehen lassen" – Alois S. muß sich zusammenreißen, um nicht lauthals loszulachen.
Als er seine Fassadenmuskeln wieder unter Kontrolle hat, fragt er den gebeutelten Hufschmidt scheinheilig: *"Hat der kleine Hilbers seine Sache nicht ausgezeichnet gemacht?"*
Hufschmidt – der sich gerade wieder setzen wollte, verfehlt die Stuhlfläche um Fingerbreite – und landet schwungvoll graziös mit seinem Allerwertesten auf dem Linoleumfußboden. Es dauert eine geraume Weile, bis er sich wieder aufgerappelt hat.
Fassungslos kann er nur sagen: *"Unser Bürobote – unser Hilbers – Jan Hilbers aus Krummhörn?"*

Seppelfricke weidet sich an Hufschmidts Gesichtsausdruck – er badet förmlich in Wohlgefallen.
„Euer Hilbers – Euer, wie Du so schön sagst, Bürobote – gehört auch zu uns" – nach einer kurzen Kunstpause schickt er süffisant hinterher: *„Oder willst Du etwa sagen, Ostfriesen wären zu dumm für uns, und das was wir tun?"*
Jetzt braucht Hufschmidt erstmal eine Rauchpause.

Nach zehn Minuten beredten Schweigens und zwei Zentimeter verglühter Tabaklänge greift Seppelfricke zum Telefon – drückt einen Knopf – und sagt schon unvermittelt: *„Grüß Gott in München liebe Gerti."*
Nach fünf Zigarrenzügen intensiven Zuhörens, und einem zärtlichen: *„Ich Dich auch - Pfüerti Gott"* legt er den Hörer fast liebevoll auf die Gabel zurück.
Er hat über eine abhörsichere Standleitung mit einer Kollegin in München gesprochen – besser gesagt, er hat ihr zugehört. Sie bedeutet dem markigen Bayern menschlich weit mehr als jede andere Frau – aber eine gefühlsmäßige Bindung ist in ihrem Metier ein besonders heikles Kapitel – und da schweigt er lieber – der hartgesottene Profi.
Das Gehörte beunruhigt ihn in höchstem Maße, so daß er, unmittelbar nachdem er aufgelegt hat, Hufschmidt unmissverständlich auffordert Karin Müller und Corinna im Münchener **ARABELLA** anzurufen.
Die beiden müssen **sofort** – er betont sofort – ihre Zelte abbrechen und aus München verschwinden. Nötigen-

falls ohne Puder und Schminke. *„Die Wölfe nähern sich"* – wie er Hufschmidt erklärt. Wenn die beiden sich nicht stehenden Fußes auf die Socken machen, könnte es sein, daß sie in einer Stunde keine Strümpfe mehr brauchen.
Der Kommissar wartet nicht auf nähere Erklärungen seines Freundes – die bekommt er garantiert nachgereicht – und wählt spontan Karin Müllers lauschgeschütztes Mobiltelefon an.
Das erste Piepen des Freizeichens hängt ihm noch im Ohr; als die Müllerin sich schon meldet.
Nach einem freundlichen *„Guten Morgen"* – soviel Zeit gönnt er ihr – fordert er sie kurz und knapp auf, sich in den Wagen zu setzen, und München ohne zu zögern den Rücken zu kehren. Ungeachtet zweier wenn und aber fällt er ihr ins Wort: *„Karin – einpacken und losfahren – selbst ein gerade geköpftes Frühstücksei müßt ihr stehen lassen."*
Kompromisslosigkeit pur hört man aus seiner Anordnung heraus.
„Ihr werdet übrigens Begleitung haben – an der Rezeption erwartet Euch ein Pärchen. Wenn Du am Empfang **Eisvogel** *sagst, geben die beiden sich mit* **Hasseröder** *zu erkennen."*
Welcher Teufel Hufschmidt reitet, gerade in der Bierstadt München den Namen einer sächsischen Konkurrenz als Kennwort zu benutzen, steht nirgendwo geschrieben – vielleicht ist es nur, um seinen Freund Alois Seppelfricke ein wenig zu ärgern, der diese Instruktion

an die wartenden Begleiter in München weiterleitet. Mit einem reichlich dicken Knoten in der Zunge – wie Hufschmidt befriedigt zur Kenntnis nimmt.
In den Ansatz von Karins Müller Entgegnung schickt er ein: *„Keine Fragen mehr – wir sehen uns dann in Düsseldorf"* – und legt auf.

    Dabei hätte die Gute noch Tausend Fragen gehabt, die sie jetzt erstmal wieder in ihr Gedächtnisfach mit der Aufschrift **Unerledigt** zurück packt.
Tatsächlich lassen die beiden reichlich konsternierten Frauen ein soeben angebrochenes Frühstück zurück – und ein unverständiges Kopfschütteln der jungen Bedienerin im feschen weißblauen Dirndl weht ihnen nach.
„Diese Preissen . . ." bekommen sie noch von ihr mit – dann schlägt die gläserne Tür zum Speisesaal hinter ihnen zu.
Die pragmatische Corinna hat noch schnell die – allerdings noch ungeköpften – Frühstückseier in eine ihrer weiten Rocktaschen verschwinden lassen.
Wahrlich teure Eier – bei dreißig Mark pro Frühstück – ärgert es sie innerlich. Auf dem Weg zum Lift ordert Karin Müller bei der Empfangssekretärin schon mal die Rechnung, die sie kurz darauf begleicht.
Knapp sechs Minuten haben sie benötigt, um reisefertig wieder vor dem erstaunten Portier zu stehen.
Selbst der gewiefteste männliche Leser – die Damen mögen es mir nachsehen - wird verwundert sein ob

dieses Tempos. Besonders, wenn er zum Tross derer gehört, die zu Hause immer geduldig auf den Ausspruch ihrer heimischen Weiblichkeit: *„So, jetzt können wir gehen"* - warten müssen.
Karin Müller ärgert sich innerlich über die vierhundertachtzig Mark, die sie für die eine Übernachtung hinblättern muß – und das, ohne in Pullach fündig geworden zu sein.
Zwei ihrer ehemaligen Kollegen, die sie gestern am Arbeitsplatz besucht hatte, wollten Corinna und sie heute Mittag in einem erneuten Anlauf weich klopfen.
Ihrem Gefühl nach wußte man hier so einiges. Doch stets, wenn sie mit einer Frage auch bloß in diese Richtung schaute, spürte sie eine Mauer des Schweigens sich aufbauen. Na ja – sollten die BNDler sich hier einmauern – sie beide mußten ja – wenn auch leicht widerwillig – nach Düsseldorf zurück.
Der Zwanziger bis auf die Fünfhundert wanderte elegant in die Seitentasche des zufrieden lächelnden Portiers.
„Der Wagen wartet draußen schon auf die Damen."
Mit diesen Worten liefert der Befrackte mit den gekreuzten goldenen Schlüsseln am Revers, einen Beweis des hervorragend funktionierenden Hotelbetriebes.
Insgeheim hätte er am liebsten selber den BMW V8 aus der Tiefgarage geholt. Wann kann man als Normalsterblicher schon mal am Steuer eines solchen Prachtstückes sitzen. Auch in München eine Unmöglichkeit.
Eine kleine Bedenklichkeitsfalte muß Karin Müller dem Empfangschef aber doch noch in die Stirn pflanzen. Mit

einer gehörigen Portion männerverrücktmachen in der Stimme will sie von ihm wissen, ob er denn seinen **Eisvogel** auch gut versorgt hätte.
Hat der Klang ihrer Stimme den Mann ihn ihm angetörnt, bringt der Inhalt ihrer Worte diesen gleich wieder zum verzweifeln. Mit so einer Frage kann er nun überhaupt nichts anfangen.
Wie um das Wanken seines Selbstbewusstseins noch zu verstärken, fragt das danebenstehende Pärchen ihn, ob es im Hause auch **Hasseröder** Pils gäbe. Hasseröder Pilsener in München – auf welches Niveau bewegen sich die Gäste an diesem Morgen.
Mit der ersten Frage weiß der Gute nun gar nichts anzufangen, und die zweite verneint er mit knorrigem, bayrischem Selbstbewusstsein in der Stimme.

Zu Zeiten des guten Franz-Josef Strauss wäre auf eine solche Zumutung – denn um eine Zumutung handelt es sich in den Augen des Portiers bei dieser Frage – ein Münchener Stadtverbot gefolgt. Wenn nicht sogar eine Ausreiseverfügung der Bayrischen Staatsregierung.
Der glühende CSU Anhänger in der Portiersuniform beneidet nämlich im Stillen die Chinesen – nicht etwa wegen ihrer bildhaften Schrift, oder gar ihrer Schlitzaugen wegen – nein, nein – dieser standhafte Volksstamm hat noch seine Mauer. Das ist es, was die Asiaten in seinen Augen so beneidenswert macht.
Mit bayrischer Nonchalance überwindet er auch diese Hürde, und ist froh, als die vier Gäste durch die Drehtür

nach draußen verschwinden. Sachsenbiertrinker im Arabella – man hätte ja anschließend zum Kammerjäger schicken müssen.

Er schüttelt sich noch einmal kräftig – wohl um die Reste dieser grässlichen Vorstellung los zu werden – und wendet sich seinem normalen Tagesgeschäft zu.

Bis zum Abend grübelt er aber noch darüber nach, wie jemand der einen **BMW V8** fährt, in punkto Biergenuss geistig so verwirrt sein kann.

Der zweite Schicksalsschlag, von dem er sich an diesem Tage nicht mehr erholt, ereilt den Portier knapp sechzig Minuten später.

Drei Gentleman werden durch die Tür in die Halle gedreht – zwei verlieren sich im Foyer – der dritte landet bei ihm am Empfangstresen.

Der herein gespülte Gast begehrt höflich Auskunft über zwei Damen aus Düsseldorf, die gestern in diesem Hause abgestiegen sind. Er müßte unbedingt mit den beiden sprechen. Es handele sich um eine dringende Familienangelegenheit.

Diskret schiebt der betrübt dreinblickende ältere Herr eine Fünfhundert Dollarnote über den Tresen in Richtung Portiersseitentasche.

Der Geldschein blinkert durch die gespreizten, brilliantringbewehrten Finger augenfällig in des Portiers Trinkgelddenken. Der Rezeptionist hört angesichts dieser grünen amerikanischen Dollarnote noch Karl Valentin – Gott hab ihn selig – am Viktualienmarkt sein Hosianna singen. Auskünfte über Gäste sind zwar strikt verboten in diesem Hause – aber wie sagte schon weiland der Alte Fritz in einer seiner legendären Schlachten? Genügend Pökelsalz machen selbst den zähesten Schinken mürbe!

Der betrübt dreinblickende ältere Herr bekommt also die – leider negative Auskunft – daß die beiden Damen vor einer Stunde abgereist sind. Noch ehe das letzte Wort dieser, den Herrn anscheinend nicht sehr befriedigenden, Auskunft in der Luft der Hotelhalle verschwindet, verschwindet auch die betörend schöne grüne Dollarnote wieder in der Tasche des Fragestellers. Wie schon erwähnt – von diesem Schicksalsschlag erholt sich der diensteifrige Portier den lieben langen Tag nicht mehr.

Der blau-weiße BMW V8 hat unterdessen zwischen sich und der Landeshauptstadt des Freistaates schon hundertfünfzig Kilometer Auspuffgase gelegt. Die Stimmung in diesem Paradestück der bayrischen Automobilbaukunst ist gelöst und locker.

Den Anstoß für die allgemeine Heiterkeit hat Corinna gegeben. Sie hat sich nämlich beim Einsteigen vor dem Hotel, äußerst geschickt und graziös, auf die beiden Frühstückseier gesetzt. So sind sich die beiden – eigentlich untereinander fremden Pärchen – durch gemeinsames herzhaftes Lachen näher gekommen.

Die Beweggründe für ihre überstürzte Abreise aus München haben Karin Müller und Corinna Bülow inzwischen in ihr Wissen einreihen können. Auf das

Hören der Hintergründe müssen sie allerdings noch bis Düsseldorf warten. In diesem Punkt sind ihre Reisebegleiter äußerst schweigsam.
Corinna ist sehr befriedigt, daß sie schon auf der Hinfahrt nach München in Ludwigshafen Station gemacht haben. Sie hat einen Mikrofilm mit aufschlussreichen Dokumenten in ihrem linken Absatz versteckt.
Die Freundschaftsgabe eines ehemaligen Kollegen, der immer noch unsterblich in sie verliebt ist.
Von diesem brisanten Filmchen hat sie nicht einmal Karin Müller berichtet, denn was sie da in Ludwigshafen in komprimierter Fassung zu Gesicht bekommen hat, übertraf ihre schlimmsten Vorstellungen.

Nur Gerti – sie ist eine der Begleitpersonen in der bayrischen Prunkkarosse aus den fünfziger Jahren – weiß über ihren Knopf im Ohr, was sich nach ihrem Abgang im ARABELLA getan hat – und was sich im Moment hinter ihnen abspielt.
Die Wölfe sind – mit der negativen Auskunft des Portiers in der Nase – auf der Fährte des BMW V8 geblieben. Aber – ein Schatten hängt ihrem Porsche am Heck – der mit dem Ungestüm eines gereizten Stieres dem blau-weißen Flaggschiff Richtung Norden folgt. Er folgt dem BMW gestoppte achtunddreißig Minuten und dreiunddreißig Sekunden.
In einer Blitzaktion haben die Kollegen von der Autobahnpolizei den Streckenabschnitt Adelzhausen - Dasing vom Verkehr befreit. Genau siebenunddreißig

Minuten sind seit dem Start des schwarzen Turbo – Porsche am ARABELLA in München Teil der Geschichte geworden, als das Stuttgarter Rennmobil das verkehrsfreie Autobahnstück unter die Reifen nimmt.
Exakt eine Minute und dreiunddreißig Sekunden später fahren die drei schwarzen Seelen an Bord des 928ers, direkt neben einem auf dem Seitenstreifen abgestellten Tanklastzug, von einem riesigen Feuerball getragen schnurstracks in die Hölle.
Die drei Gramm Plastik – vor dem ARABELLA in München von Spezialisten der Gruppe D in den vorderen linken Radkasten lanciert – haben ihren Zweck erfüllt.
In den Abendausgaben der Münchener Zeitungen ist Stunden später in fettgedruckten Lettern zu lesen:

INFERNO AUF DER AUTOBAHN VOR AUGSBURG

In den verkehrsarmen Vormittagsstunden raste heute auf der A8 zwischen Adelzhausen und Dasing ein nicht identifizierter PKW - nach Augenzeugenberichten ein schwarzer PORSCHE – mit völlig überhöhter Geschwindigkeit – in einen, wegen einer Reifenpanne auf dem Standstreifen liegen gebliebenen Sattelzug. Der Fahrer des mit Chemikalien beladenen Tanklastzuges befand sich glücklicherweise auf dem Weg zur nächstgelegenen Notrufsäule. Über die Personen, die sich in dem PKW befanden,

kann die Polizei noch keine Angaben machen. **Wie ein Polizeisprecher mitteilte, befürchtet man – trotz Einsatzes modernster Methoden – keine verwertbaren Spuren zu finden. Die Aufräumarbeiten werden bis in die frühen Morgenstunden dauern.**

In seinem Büro im Keller des Berliner Reichstages sitzt Alois Seppelfricke noch immer Wilt Hufschmidt gegenüber. Die Nachricht von der erfolgreich abgeschlossenen Operation Fliegenfänger – wie diese Variante der Verbrechensbekämpfung in ihrer Gruppe genannt wird – läßt ihn sich zufrieden in seinen Sessel zurücklehnen. Vorher hat er auf einer Liste an der Wand mit einem dicken roten Stift noch drei Namen unkenntlich gemacht.

„Um die braucht sich schon mal kein Staatsanwalt und kein Richter mehr zu kümmern – und weitergeben können sie ihre Erfahrungen auch nicht mehr!"
Kommissar Hufschmidt kann nicht die Idee von Skrupel in der Stimme seines Freundes ausmachen. Alois sagt das so, als wenn Hufschmidt seine Einkaufsliste für das Wochenende überfliegt. Beim überfliegen seiner Wochenendeinkaufsliste werden bei Hufschmidt ob der ständig steigenden Preise wahrscheinlich größere Emotionen wach.
Wilt Hufschmidt fühlt sich in diesem Geschehen nach der Entwicklung der letzten Stunden so ein bißchen als Außenseiter – als wenn er von einer Tribüne die

Abläufe auf dem Spielfeld vor ihm betrachtet. Distanziert und unbeteiligt.

Unruhige Ruhe wabert minutenlang unter der Zimmerdecke umher. Die Anzahl der Zigarren, die auf dem Umweg über die Lungen der beiden Freunde den Weg in die Zimmerluft gefunden haben, macht schon die Stärke zweier Fußballmannschaften aus.
Der bronchiöse Kaffeezubereiter hat sich auch mittlerweile eingelaufen – mit etwas gutem Willen kann man seine Geräusche schon als morgendliches trällern bezeichnen.
Zigarren- und Kaffeeduft sind seit Stunden eine fast schon liebevolle Verbindung eingegangen. Karin Müller würde sicherlich eine andere Definition einfallen – aber die streichelt ja zurzeit – gottlob – auf der A3 in der Nähe von Aschaffenburg liebevoll das Gaspedal von Corinnas **BMW V8.**
Hufschmidts Außenseitergefühl wird abrupt in den Abgrund gestoßen. Die nächsten Worte Seppelfrickes katapultieren ihn mit einem gezielten Tritt mitten in das Spielgeschehen um ihn herum.
„Willkommen im Klub."
Dabei macht er ein Gesicht, wie ein altgedienter Jesuitenpater, der eine lange verloren geglaubte Seele wiedergefunden hat. Auch wenn der liebe Alois nicht gern darüber spricht – in Momenten wie diesem bricht seine frühjugendliche Seelenformung, in der Zucht einer bayrischen Klosterschule, wieder durch.

Hufschmidt weiß zwar um das vorpubertäre Schicksal des Freundes, aber sein calvinistisch beeinflusstes Denken ist nicht in der Lage solche Gefühlsgesichter hervor zubringen. Um diese Fähigkeit hat er Alois schon auf der Hochschule beneidet.
Diese Erinnerungsfetzen huschen mit Lichtgeschwindigkeit durch die zwei handvoll grauer Zellen unter seiner Ostfriesenschädeldecke.
Zu Alois S. wirft er die daran festgebundenen Worte.
„Wie meinst Du das denn?" – die dieser spielend auffängt – als wenn er darauf gewartet hat.
„Du glaubst doch nicht im Ernst, mein Lieber, daß ich auf Deine Qualitäten verzichte – wir haben schließlich gezielt darauf hingearbeitet, die Ermittlungen in die richtigen Hände zu legen."
Hufschmidt kommt sich vor, als wenn sein innerer Kopfraum ein Haus mit abgedeckten Möbeln ist – von denen jemand langsam die Laken abzieht.
„Die ganze Sauerei – das muß ich hier unter uns mal ganz deutlich sagen – hat ihre Wurzeln bis in die höchsten Gremien."
Jetzt hat Seppelfrickes Gesicht so rein gar nichts mehr von der Jovialität eines Paters an sich. Eher wie ein wütender Boxer, dem ein unfairer Gegner gerade einen gemeinen Schlag unter die Gürtellinie verpaßt hat.
Knallhart fährt Seppelfricke in seiner Darstellung fort:
„Auch – oder gerade weil wir Freunde sind – Du steckst da schon mittendrin."

Drei Rauchringe formieren sich über dem Schreibtisch zum Kruppschen Firmenzeichen. Als wenn sie die Härte seiner Aussage unterstreichen wollten hängen sie eine Zeitlang in der Luft.

"Wenn Du nein sagst, ist Dir doch wohl klar – mit Kommissar und Ermittlungen ist auch in Düsseldorf nichts mehr! Dafür bist Du dann ein zu unsicherer Kantonist."

Auch ohne das Alois es ihm unverblümt sagt, weiß Hufschmidt – im Falle seiner Weigerung könnte er sich, irgendwo im tiefsten Hochsauerland, abseits der Brennpunkte, an einem Innendienstschreibtisch seinen Hintern breitsitzen und in seiner Freizeit den Weihnachtsbäumen Dauerwellen legen.

Er will sich auch gar nicht verweigern – seit gestern Abend ist ihm die Notwendigkeit einer Richtungsänderung klar geworden. Sonst könnte man gleich alles in die Hände skrupelloser Macher legen – ganz gleich ob in Politik oder Wirtschaft.

Ein fester Händedruck besiegelt die alte neue Allianz zwischen den Getreuen.

"So, mein lieber Wilt" – ein bißchen Gefühlsweichheit schielt zwischen Aloisius Worten hervor – *"mach Dich auf die Socken, damit Du wieder in Düsseldorf bist, wenn Deine Damen dort eintrudeln."*

Wie eine fürsorgliche Mutter, die an alles denkt, fügt er hinzu:

"Einer unserer Mitarbeiter wird Dich in Deiner Kalesche nach Hause kutschieren – sonst dreht der Daim-

ler noch etliche Runden selbsttätig auf der AVUS – weil Du eingeschlafen bist. Als Verkehrstoter nützt Du niemandem etwas. Im nächsten Flieger, zurück nach Berlin, werden wir einen Platz für den Fahrer reservieren."
Das ist ein Angebot, daß Hufschmidt nicht ausschlagen kann.
"Du kannst Deine Damen – und Deinen Meyerlein schon mal vorab instruieren. Gute Leute sind bei uns zu jederzeit herzlich willkommen."
Bei diesem Spruch sieht man die Ehrlichkeit in Seppelfrickes Gesicht strammstehen.
"Den Rest werde ich übernehmen – am Wochenende bin ich in Klein-Paris."
Es scheint, als wenn er Hufschmidt mit Düsseldorfs Kosenamen schmeicheln wolle.
"Ich will doch endlich mal Christins Löwenköddel" – er sagt wahrhaftig **Löwenköddel** – *"kennenlernen."*
In Wahrheit drängt es ihn vielmehr, Karin Müller und Corinna Bülow auf Riechnähe nahe zu kommen – aber das behält er lieber für sich - der Gamsbartcharmeur.
*"Und jetzt ab durch die Mitte – in einer Stunde wirst Du am **ADLON** abgeholt. Zeit zum frisch machen hast Du noch allemal."*
Widerspruch ist nicht mit einkalkuliert – so wie Alois kommandiert.
"Die Rechnung brauchst Du nur abzeichnen – nicht das Du Dir noch vorher einen Kredit aufnehmen mußt – es ist schon alles von uns erledigt."

Die letzten Worte erreichen Hufschmidt, als er schon auf der Straße ist.

Im **ADLON** empfängt ihn diesmal direkt die Bewertungsspezialistin der letzten Nacht. Irgendwie ist sie wie umgewandelt. Während sie ihm mit zarter Hand seinen Zimmerschlüssel reicht, teilt sie ihm mit: *„Ihr Automobil"* – sie sagt, wohl wegen des königlichen Daimlers - tatsächlich Automobil – *„wurde heute morgen von Ihren Berliner Kollegen abgeholt. In"* – sie schaut auf die zierliche Rolex, die sich, an einer Kette zwischen ihren rundlichen Brüsten hängend, ständig schmeichelnder und hungriger Männerpublikumsblicke erfreut – *„in genau siebenundvierzig Minuten - soll ich Ihnen ausrichten – wird man sie hier abholen."*

Die gute Startdreißigerin schaut ihn mit Blicken an, in denen das Halbebettangebot von heute Nacht förmlich einbetoniert ist. Dem Ausdruck nach mittlerweile noch um einige zusätzliche Rabattleistungen erhöht.

„Sie müssen nur noch die Rechnung abzeichnen."

Ein Bogen handgeschöpften Büttenpapiers nähert sich dem Kommissar. Das Papier liegt wie ein Werk Karl Spitzwegs auf der blankpolierten Mahagoniplatte vor ihm.

Mit dem Zeigefinger ihrer Linken markiert sie die Stelle der Unterschrift – und berührt dabei, unabsichtlich absichtlich, seinen Handrücken.

Wenn das gestandene ostfriesische Mannsbild aus Düsseldorf, da vor dem Tresen, jetzt in ihr Fühlen

kriechen könnte, würde es einen Bauch voller Schmetterlinge und herrlich zitternde Knie entdecken.
Aber welcher Mann kann sich schon in solche Tiefen begeben.
So bleibt die Schöne – vorerst wenigstens – in der Traumwelt ihres Wunschrosengartens allein.
Dafür flutet unversehens die gleiche charmante Röte wie in den frühen Morgenstunden über ihr bezauberndes Gesicht.

In Hufschmidt flutet etwas ganz anderes, und schlägt Purzelbäume – nämlich sein Weltverständnis – als er den Rechnungsbetrag registriert: **Eintausendvierhundertfünfzig Mark** – zwei Monatsmieten seiner eigenen Behausung – stehen da tatsächlich geschrieben.
Für einen Aufenthalt, bei dem er nichteinmal das Bett getestet hat.
Das waren aber zwei arschteure Duschen - du hättest deinen Koffer besser für zwei Mark in einem Schließfach deponieren können – nörgelt selbstquälerisch sein Rechengehirn.
Es bekommt aber sofort und unvermittelt eins aufs Dach, als das rot angehauchte, bezaubernde Gesicht, über den verführerischen Brüsten, etwas atemlos zu ihm sagt:
„Wir hoffen, Sie hatten einen angenehmen Aufenthalt" – und – *„ich würde mich freuen, Sie bald wieder hier bei uns in Berlin begrüßen zu dürfen!"*

Im gleichen Augenblick erscheint ihm die Rechnungssumme wie ein läppischer Betrag – zumal es ihn ja überhaupt nicht kratzen muß. Wenn **er** die Annehmlichkeiten verschmähen würde, dann genössen sie mit Sicherheit andere an seiner Stelle.
Er wirft noch einen Blick in die Filmkulisse seines Zimmers – der Boy, inzwischen hat er den britisch unterkühlten Leibdienerblick abgelegt - wartet währenddessen geduldig in der Diele auf den Zehnmarktrinkgeldhandkoffer des **Herrn aus Düsseldorf.**

Auf die angesagte Minute steht der Daimler vor dem ehrwürdigen Portal – vornehm vor sich hinblitzend, wie frisch aus dem Autosalon. Keine Spur mehr von der Strecke Düsseldorf – Berlin ist an seinem Lackkleid zu entdecken.
Der Fahrer entpuppt sich als junge Frau. Das beweist Hufschmidt wieder einmal, sein Freund Alois hält es vorzugsweise mit der Weiblichkeit.
Karin Müller würde ihm jetzt einen Vortrag halten, über den feinfühligeren Umgang der Frauen mit den Dingen des täglichen Lebens. Seppelfricke urteilt da ganz bestimmt nach anderen Kriterien – wie er ihn kennt.
In diesen Minuten ist Hufschmidt jenes, und alles andere völlig schnuppe.
Die Fahrerin hat sich noch gar nicht richtig in den Verkehr eingereiht, ist unser Kommissar schon dabei, sein Wachsein in den Schlaf zu packen. Berlin bei Tag ist eh nur eine riesige Baustelle – und - so **einige**

Stündchen Augenpflege fehlen ihm in dieser Woche sowieso an seiner gewohnten Ruheration.

Am Lehrter See benötigt der Daimler Treibstoffnachschub – das läßt ihnen Zeit für eine Kaffeepause. Den grausigen Tee in dieser hannöverschen Raststätte mag er seiner Begleiterin und sich nicht zumuten – der Kaffee ist erträglich. Jetzt endlich erfährt er auch wie seine reizende Chauffeuse heißt – und entschuldigt sich für seine Wortenthaltsamkeit während der Fahrt.
„Ach wissen Sie, Herr Kommissar – wenn unser Chef schon jemandem einen Fahrer zubilligt – das hat dann auch seinen Grund."
Lächelnd – fast zärtlich - richtet die nette junge Kollegin sein angekratztes Gewissen wieder auf.
Sie erzählt ihm auch, warum der Fahrdienst in aller Herrgottsfrühe den Wagen in die Zentralwerkstatt entführt hat.
Alois Seppelfricke wollte sichergehen, keine Überraschungen erleben zu müssen. Eine reine Vorsichtsmaßnahme – eine Kontrolle, ob das Fahrzeug sauber war. Und die Garantie, daß es sauber blieb.
Ein kleines Feuerwerk unterwegs – wie etwa zwischen Adelzhausen und Dasing – das konnte man absolut nicht gebrauchen.
Alois Seppelfricke steigt in Hufschmidts Achtungsskala noch eine Stufe höher – und sein Wissen um die Gefährlichkeit der Szenerie erweitert sich um das gleiche Maß.

Hufschmidt bemerkt jetzt plötzlich – nach langen Jahren als Solist – erst so richtig, wie angenehm frauliche Nähe sein kann.
Eine Erkenntnis, die er sich – wie es ihm nun brandheiß bewußt wird – schon viel früher gewünscht hat.
Er beschließt spontan, sein Leben in dieser Hinsicht rigoros zu ändern.

Den Rest der Strecke bis nach Düsseldorf plätschert im Fahrzeug eine lockere, muntere Unterhaltung dahin. Über alles und nichts wird geplaudert – bloß nicht über den Beruf. Als sie Düsseldorf erreichen, fühlt Hufschmidt sich so locker wie frisch gefallener Schnee.
Er hätte Alice – so heißt seine Wagenlenkerin – gerne noch ein Stück rheinischen Lebens gezeigt, zumal sie noch nie in der Rheinmetropole war. Jedoch – der Flieger wartet nicht. So verabschiedet er sie am Flughafen in Lohausen mit einer Einladung auf einem Altstadtbummel, zu einem günstigeren Zeitpunkt.
Als die Maschine der **BRITISCH AIRWAYS** sich in den wolkenverhangenen Himmel erhebt, bedauert er ein bißchen, daß die nette junge Kollegin so schnell schon wieder durch die Lüfte nach Berlin hüpfen muß. Sein Gefühl für anziehende Weiblichkeit hat anscheinend Beine bekommen.

In der Villa am Grafenberger Wald findet er einen rundum zufriedenen Meyer vor, der nur baß erstaunt ist, seinen Chef schon wieder zu Gesicht zu bekommen.

Oder ist es eher die Betrübnis, daß die Zeit der kostenlosen Beköstigung so schnell wieder zu Ende sein soll? Christin hat den schlaksigen Meyer nämlich auf den ersten Blick in ihr Herz geschlossen – und dementsprechend auch bemuttert.
Pollo freut sich spontan wieder eine kleine Pinkellache auf den Fußboden – die Meyer aber sofort und bereitwillig wieder wegwischt. Hufschmidt ist erstaunt über diese Seite in seinem Assistenten. Ein neuer Hundenarr ist anscheinend geboren.
Meyer muß sein Wissbegehren so lange auf Eis legen, bis die Reisegruppe aus dem Süden der Republik eingetroffen ist. Hufschmidt hasst doppeltes erklären müssen. Dafür präsentiert der Kriminalassistent Meyer seinem Chef einen Haufen Papier. Eine runde Zusammenfassung der Fakten und Daten. Er kann in den zurückliegenden Stunden nicht viel geschlafen haben. Anerkennung für diese Leistung bekommt der Fleißige von seinem Chef zu hören – und eine entsprechende Berücksichtigung beim allmonatlichen Rapport sichert er ihm zu. Meyer manifestiert diese Zusicherung in seinem Kopf umgehend als Verspruch auf eine Gehaltserhöhung.

Die Münchenheimkehrer haben sich von unterwegs für die nächste halbe Stunde angemeldet, und ihren Durst auf einen anständigen Kaffee vorausgeschickt.
Kaum das der Tisch gedeckt ist, gleitet der **BMW V8** den Kiesweg zur Villa hoch. Der geschwungene Kühler

zeigt gerade die Spitzen seiner Schönheit, da saust Pollo auch schon wie ein geölter Blitz nach draußen.
Männerzuneigung hin – Männerliebe her – Pollo zeigt unverblümt und heftig, daß auch ein Hundemann schöne Frauen vorzieht.
Bis der kleine Terrier alle Ankömmlinge gebührend begrüßt hat, ist ein Strich Zeit vergangen.
„Na, da haben die beiden auf ihrer Angeltour ja fette Beute gemacht. Ich hatte Kopfinformationen – oder höchstens Geschriebenes erwartet – und die schleppen da gleich zwei ausgewachsene Homo sapiens an."
Meyer kann seiner Verwunderung über die Begleitung der Frauen nur auf diese Art kundtun.
„Ich muß Dich enttäuschen, Meyerlein – an denen wirst Du Dich nicht erproben können – die gehören nicht zur Gegenseite."
Hufschmidt weidet sich an Meyers Gesichtsveränderung – er weiß, zu gerne würde der seine Vernehmerqualitäten unter Beweis stellen. Hufschmidt kennt seinen Pappenheimer ebenso gut, wie weiland Blücher seine Feldsoldaten.
Als das große Hallo der Hin- und Hervorstellungen erledigt ist, sitzt man in gemütlicher Runde um den Kaffeetisch.

Gemeinsam setzen die sechs aus vielen Teilchen ein großes Bild zusammen – wobei große Brocken ihrer bisherigen Düsseldorfer Erkenntnisse in den Reißwolf des falschen Wissens wandern. So mancher Seufzer der

Verwunderung über die anders geartete Situation weht über das gediegene Meißner Porzellan.
Auffallende Farbtupfer zu dieser Komposition steuert Gerti's Partner bei. Er ist von Mutterblut Italiener mit mexikanischem Vatereinschlag.
Alberto Alonso Pedro Digidjio Rurales – so lautet sein kompletter Dokumentenname. Um in deutschen Kollegenmündern keine gebrochenen Zungen zu hinterlassen, wird er schlicht und einfach **Albert** genannt.
 Albert offenbart sich als Oberst einer Spezialabteilung der italienischen Guardia Civil – einer Zwillingsschwester der Berliner Sonderabteilung D - deren Herz in Bozen schlägt. Alberto sagt Bolzano – irgendwie ist er eben doch Italiener.
Ein paar couragierte italienische Politiker hat die Berlusconi-Invasion bewogen, gewisse Vorsorge zu treffen. Denn – was in den Adria-Häfen des Stiefels mit Billigung des Medienmoguls abgeht, gleicht schon mehr einem Ausverkauf der Menschenrechte.
Dieses Hören muß Hufschmidt mühevoll in seine Vorstellung von der italienischen Spaghetti-Politik einbauen.
Nur gut, daß Christin Hunscher Meyer so hervorragend mit Proviant eingedeckt hat. Zwanzig ihrer köstlichen Frikadellen lagern im Kühlschrank, die jetzt mit Behagen den Weg allen Irdischen gehen.
Auf nüchternen Magen wären die ganzen Neuigkeiten für die Sechserrunde schwer zu vertragen gewesen.

Einzig Meyer trauert mit feuchten Augen seinen kulinarischen Schätzen hinterher.

Corinna Bülow hat sich seit geraumer Zeit zurückgezogen. Zwischendurch bat sie Hufschmidt für ein vertrauliches Gespräch in Werners Arbeitszimmer.
In Karin Müllers Kopf blitzte aus diesem Anlaß die liderlich verlockende Vorstellung eines schnellen Quicki auf, die sie, innerlich über sich lachend, mit dem Schwamm der Vernunft gleich wieder auswischt.
Nach dem Teil der schwerwiegenden Worte und Sätze beginnt die Unterhaltung am Tisch in lockere Kanäle zu fließen, als plötzlich der dreidimensionale Bildschirm in der Ecke hell wird, und Hufschmidt um Beachtung der Filmbilder bittet.
Corinna hat in Werners Arbeitszimmer den Mikrofilm gesichtet, und nach Absprache mit dem Kommissar die Übertragung des Inhalts ins Wohnzimmer geschaltet.
Mit den rätselhaften Zahlenkolonnen, und formelhaften Aufzeichnungen der ersten Periode, wissen die fünf Zuschauer am Tisch nicht so recht etwas anzufangen.
Die Erläuterungen darüber hält Corinna bewußt zurück – sonst müßte sie ihren Gästen womöglich noch ein wissenschaftliches Seminar anbieten.
Plötzlich verschwinden die Zahlen und Zeichen, und Bilder tauchen auf. Verschwommen noch, und nichtssagend.
Corinnas begleitender Kommentar dazu entschuldigt die mindere Anfangsqualität: *„Die Aufnahmen sind mit*

einer versteckten Kamera aufgenommen worden – der Filmer war kein Fachmann."
Langsam werden die Konturen klarer. *"Ihr müßt Euch noch etwas gedulden – gleich wird's besser."*
Wie um den Amateurfilmer in Schutz zu nehmen, fügt sie an:
"Der Teilnehmer, der diese Aufnahmen gemacht hat, riskierte Kopf und Kragen. Wenn auch nur ein Fitzelchen davon ruchbar geworden wäre – er würde jetzt mit Sicherheit irgendwo unter einer römischen Schnellstraße ruhen."
Ihre Worte erhöhen die Spannung im Raum – die, mit den klarer werdenden Aufnahmen, auf Spitzenwerte klettert.
Eine geschlagene Stunde bekommen sie Informationen geliefert, *"durch deren Genuss"* – wie Meyer es einfühlsam formuliert – *"jedem Betrachter kotzübel wird."*
Bekannte Politiker – unter ihnen sogar Regierungsmitglieder - aus fünf europäischen Hauptstädten konferieren unter dem Vorsitz eines Kardinals in einem prunkvollen Saal.
Ein weniger beschlagener Kopf könnte das Ganze für eine Verbrüderungsszene der Weltreligionen halten.
Katholiken aller Einschläge in schöner Eintracht mit Muslimen, Mormonen und Baptisten.
Meyer - im Präsidium von einigen Kollegen gefürchtet wegen seiner Wortkompositionen - kann sich einen

Kommentar nicht verkneifen: *"Da fehlt nur noch der gelbe Stern Israels – und die Betbrüder sind komplett!"*
Die Bilder wirken auf alle wie ein wertvoller Wandteppich, der stellenweise von Schimmelpilz befallen ist – zwischen den präsentablen Gestalten der einzelnen Richtungen sieht man Repräsentanten gewichtiger Kartelle aller Couleur herum schwirren – die garantiert nicht die Funktion von Aschenbecherputzern haben.
Leider ist der Film nur streckenweise mit Gesprächsfetzen unterlegt, die dem Betrachter den Eindruck aufdrängen, daß sehr hart in der Sache – aber schon fast familiär im Umgang miteinander - verhandelt wird.
Es wächst bei den Zuschauern die fatale Gewissheit, man kennt sich schon länger.
"Daraus ließen sich phantastische Werbespots für die nächsten Wahlen fertigen."
Gerti stellt diesen genialen Einfall in den Raum – dem prompt zehnhändiges Klatschen folgt.
"Der Film ist in der Vatikanstadt aufgenommen worden" schickt Corinna dazwischen. *"Sinnigerweise auch noch gerade am protestantischen Buß- und Bettag."*
"Womit nachhaltig bewiesen wäre, daß dieser Tag seine Berechtigung hat!" – wieder Originalton Meyer.
"Ich kenne die Räumlichkeiten – und ich kenne auch den Würdenträger, der den Vorsitz hält" – Alberto meldet sich das erste Mal zu Wort. Bislang hat er nur geschaut und zugehört – was ihm angesichts des norddeutschen Sprachtempos keine Schwierigkeiten bereitet.

Zuhause dagegen – in Italien – muß er schon mal höllisch aufpassen, alles mitzukriegen. Die Appenin-Halbinsel ist nämlich für ihn nur so etwas wie eine Reserveheimat.

Mit seinen Eltern – sein Vater war Botschafter der mexikanischen Regierung in **DEN HAAG** – hat er den größten Teil seiner Kindheit und Jugend außerhalb Italiens verbracht. Bloß in den Wintermonaten war Sizilien sein Paradies – „*la Familia*" – wie seine Mutter immer sagte.

„*Der Schauspieler in der Kutte*" – er nennt - bei einem Katholiken, zumal bei einem Italo-Mexikaner, ziemlich ungewöhnlich - den Hofschranzen vom Nachfolger Petri auf Erden einen Schauspieler – „*ist der Hüter der Vatikanfinanzen, und der Drahtzieher von vielen dubiosen Aktivitäten.*" Alberto muß erstmal einen kräftigen Schluck Pulque nehmen, bevor er nachsetzt: „*und sein Krakauer Oberhirte mimt den Nichtwissenden!*"

Pulque ist ein Stück Erinnerung an seinen Vater für ihn. Davon hat er stets einen Vorrat bei sich. Er hat sich wohl schon mal selbst ohne Rasierzeug erwischt – aber noch nie ohne sein geliebtes mexikanisches Kakteengebräu.

Banca Vaticano ist allen ein Begriff – und die Skandale um diese Institution und deren Machenschaften ebenfalls.

Mit Albert scheint Alois einen exzellenten Kenner und mutigen Kritiker der kurischen Spielchen in seiner Truppe zu haben.

„So wie sich die Regierenden da, in schöner Eintracht mit den Glaubensverwaltern, um das Wohl der Welt bemühen, schreit es ja förmlich nach Zustimmung."

Sarkasmus tröpfelt zähflüssig aus Hufschmidts Stimme in den Raum.

„Auf dieser geheimen Konferenz sind Milliardenaufträge ausgetauscht worden – mein Mann war einem dieser Auftraggeber ganz dicht auf den Fersen."

Corinna muß an sich halten, als sie das sagt.

Unversehens ist das Denken an Werner wieder übermächtig, obwohl sie mit allen Fasern spürt – sie wird ihn niemals wiedersehen.

Er hatte immer eine Ahnung davon gehabt, eines Tages ausgelöscht zu werden – aber er konnte den Kampf nicht lassen. 'Das bin ich meiner geliebten Tochter schuldig' – hing wie ein Fanal über seinem Leben.

Ein Teil davon ist auf sie übergegangen – daß spürt sie, als ihre Tränen ihr den Blick verschleiern.

„Ein teuflischer Kreislauf – Waffen für Südamerika – garantierte Drogenabsatzmärkte in Europa – Chemikalien für den Untergrund – und alles für den Frieden."

Der Einwurf kommt von Karin Müller – ihre Stimme zittert vor Erregung, als sie fortfährt:

„Der Pabst sollte die Kirche in eine Aktiengesellschaft umwandeln – das wäre ehrlicher!"

Man hört die empörte Christin in ihr sich Luft machen. Sie macht keinen Hehl daraus, daß sie eine glühende Verehrerin einer gewissen und kritischen Theologieprofessorin namens Uta ist.
„Lasst uns für heute Schluß machen. Wir müssen nicht warten, bis der Himmelskomiker mit der lila Schärpe Amen sagt – der Tag war lang genug, " gibt Gerti ein Signal, auf das hin Corinna die Bildröhre dunkel werden läßt.
„Können wir uns hier in der Nähe irgendwo einmieten? – Wir bleiben bis übers Wochenende in Düsseldorf." – Alberto schaut fragend in die Runde.
„Für das Wochenende hat auch Alois sich angemeldet." Hufschmidt steckt noch mitten im Satz, als Gerti ihm eifrig ins Wort fällt:
„Eben drum . . ." – eines Mehr bedarf es nicht – den Rest sagen ihre Augen.
„Wieso wollt Ihr Euch irgendwo einmieten?" weht Corinnas Frage von der Tür her.
Sie kommt aus Werners Arbeitszimmer, wo sie das Wiedergabegerät abgestellt hat.
*„Haben **wir**"* – sie sagt **wir** – *„haben **wir** nicht genug Platz im Hause?"*
Keiner fragt, wen sie mit **wir** gemeint hat – nur Karin Müller schaut mit ihrem berühmten Aha-Blick von Hufschmidt zu Pollo und von Pollo zu Hufschmidt.
In ihrem Blick liegt für Eingeweihte die Frage: *„Na - sind **wir** schon soweit?"*

"Einfach so bei Ihne . . bei Dir einnisten – das geht doch nicht." Gerti ziert sich leicht – das Du will ihr noch nicht so flüssig über die Lippen. Die sechs sind nämlich übereingekommen, es im privaten Kreise beim Du zu belassen.
"Was heißt hier einnisten? – Ich bin froh, in dieser Situation jemand bei mir zu haben."
Keiner in der Runde zweifelt an ihren Worten – jeder aus dem Kreis wäre an ihrer Stelle froh, jemand bei sich zu haben. Wenn auch aus unterschiedlichen Beweggründen.
Am deutlichsten ist Hufschmidt die Erleichterung anzusehen – dadurch muß er sich in den nächsten Tagen um die Sicherheit Corinnas keine Gedanken machen.
Nachdem alle übereingekommen sind, am nächsten Morgen gemeinsam zu frühstücken, verteilt die ganze Gesellschaft sich in Windeseile auf die Betten – jeder begibt sich in ein anderes.

In den Stunden bis zum ersten Hahnenschrei passieren keine ungewöhnlichen Dinge – wenn man davon absieht, daß Meyer betrübt in der Kaiserburg der Wirtin vom vorzeitigen Ende der Beköstigung, und der unbarmherzigen Vernichtung seiner Vorräte durch hungrige Kulturbanausen berichtet.
Mutter Christin gibt ihm als Balsam für seine geknickte Seele zehn ihrer köstlichen Magenverwöhner mit auf den Nachhauseweg – und hat so **gar nichts** dagegen einzuwenden, daß **Ihr** Willem dem Bedauernswerten

zur Überwindung seines Kummers noch ein Heilmittel in Form von drei **DB** verabreicht – auf Kosten des Hauses versteht sich.

Für zweimal vier Zeigerumläufe auf dem Stundenzähler ist die Welt in eine Phase der Ruhe getaucht. In eine scheinbare.

Bevor der Hahn im Grauen des neuen Tages daran denkt zu krähen, hat schon ein freundlicher Zeitgenosse vom Jürgensplatz Hufschmidts Fernkopierer wachgerüttelt. In einige wenige dürre, scharf geschliffene Worte eingewickelt, zitiert ihn der Polizeipräsident persönlich zum Rapport.

Um frisch gewaschen, rasiert und gekämmt im Tempel der Offenbarung zu erscheinen, stehen dem guten Kommissar noch einhundertunddrei Minuten zur freien Verfügung.

Das ist weniger Zeit, wie einem zum Tode verurteilten, zwischen dem Henkersmahl und dem Gang zum Schafott, zugebilligt wird – denkt er reichlich unwillig in sein zerknittertes Spiegelbild über dem Waschtisch.

Hufschmidt merkt, wie ein unangenehmes, grässliches Gefühl von Ablehnung an seiner Wirbelsäule hoch kriecht.

Die Schleiferei durch die Ausbilder bei den Marinetauchern zahlt sich bei solchen Gelegenheiten aus. Erinnerungen an die nächtlichen Eskapaden in der eisigen Ostsee werden in ihm lebendig, wenn die Brüder von der Nationalen Volksarmee ihnen mit ihren Schnellbooten Angst einjagen wollten.

Auf dem Weg ins Präsidium bleibt sogar noch die Zeit, sich in der Grafenberger Villa vom Frühstück abzumelden.
Drei nach oben zeigende Daumen – Pollos steil in die Höhe gerichteten Schweif kann man wohl nicht dazu zählen – signalisieren hinter ihm her: Standhaft bleiben!
Acht Glockenschläge wehen über die Dächer, als er die Tür zum Vorzimmer des Prinzipals hinter sich schließt.
Ihn überrascht der überaus freundliche Ton, mit dem die allgewaltige Terminverwahrerin ihn begrüßt.
"Der Herr Präsident läßt sich noch ein paar Minuten entschuldigen – er ist aufgehalten worden. Sie möchten, bitte, solange in seinem Büro Platz nehmen. Ich hab' ihnen schon Kaffee serviert."
Sie hält ihm bereitwillig die doppelt gepolsterte Verbindungstür auf.
Der Kommissar ist irgendwie ein wenig Gehirnkonfus – ihm dünkt, die Welt steht auf dem Kopf. Erstens erstaunt ihn die Verhinderung des Präsidenten, der doch in seinem Büro zu wohnen schien – und zweitens scheint sich eine ganz neue Art von Umgangsweise hier breitgemacht zu haben, seitdem er das letzte mal hier gewesen ist.

Völlig lautlos gleitet das Schott zur Schaltzentrale in die Dichtungen. Hufschmidt denkt in kritischen Augenblicken wie diesem in Seefahrtsbegriffen. Gedankengemüse läuft ihm noch im Kopf hin und her, als sich die Tür erneut öffnet.

Aber nicht der ihm bekannte Polizeipräsident, sondern ein Fremder betritt das Heiligtum. Er stellt sich als Hans Breske vor - als Interimsnachfolger des gestern Abend vorläufig und überraschend beurlaubten Chef des Hauses.

Seine Einleitung: *"Sie dürfen nicht so genau hinsehen, Herr Kollege – ich bin ein bißchen verknüstert – ich habe nämlich heute Nacht nicht geschlafen"* sichert ihm auf den ersten Blick Hufschmidts Sympathien.

Als dann noch hinterher geschickt wird: *"Aber was erzähl ich Ihnen denn da – sie kennen das ja zur Genüge aus eigenem Erleben!"* hat sein Gegenüber die Einstandsrunde schon für sich gebucht.

"Irgendwie müssen wir ja wieder einen Anfang machen" – die Worte klingen nach Selbstgespräch, als der Präsidentenvertreter einen dicken Umschlag öffnet, und den Inhalt vor sich ausbreitet.

"Staatsrat Seppelfricke läßt Sie grüßen – wir haben gestern Nachmittag noch zusammen Kaffee getrunken." In die Verblüffung Hufschmidts wird noch: *"ich bin erst gestern abend von Berlin hierher beordert worden"* geschickt.

Jetzt weiß er, auf welcher Dienstebene sich sein Freund Alois befindet – ihm hat er nicht ein Sterbenswörtchen davon gesagt.

Breske reicht dem Kommissar einen Bogen Papier herüber – *"das soll ich ihnen geben – als erstes."*

Das Stück Karton entpuppt sich als Urkunde, die ihn, Wilt Hufschmidt, mit sofortiger Wirkung zum Ministerialrat befördert. Mit Dienstsitz bei der Bundestagsverwaltung in Berlin.
„Ich soll Ihnen von Ihrem Freund ausrichten, sie haben genau fünf Minuten Zeit, anzunehmen und zu unterzeichnen – oder abzulehnen und das Dokument zu zerreißen."
Breske verzieht keine Miene bei diesen Worten.
„Ihr Haupttätigkeitsbereich bleibt natürlich Düsseldorf", hängt er noch an und dann schweigt er.
Sein Schweigen signalisiert zum Kommissar hinüber:
Die Uhr läuft!
Der braucht keine Bedenkzeit, er wundert sich nur über die kurzen Wege. Sein Entschluss stand gestern schon fest: mit sicherer Hand datiert er das Schriftstück und setzt sein Signum darunter.
„Willkommen im Klub!"
Mit diesem Satz nimmt Breske das unterzeichnete Papier wieder an sich.
Den gleichen Spruch hörte Hufschmidt gestern von Seppelfricke schon einmal – heute überrascht er ihn nicht mehr. Mit festem Druck ergreift er die dargebotene Rechte Breskes: *„Auf gute Zusammenarbeit"* – ist das einzige, was von ihnen beiden gleichzeitig zu vernehmen ist.

Den inzwischen kalt gewordenen Kaffee tauscht die herbeigerufene Vorzimmerdame beflissentlich gegen

einen frischen Aufguss aus, was Breske mit freundlichen Worten quittiert. Wie Hufschmidt schon bemerkte – das Miteinander umgehen hat sich in diesem Teil des Hauses grundsätzlich geändert.
Der, von seinen Pflichten entbundene, bisherige Amtsinhaber war – ganz nüchtern ausgedrückt – ein menschliches und parteigestütztes Ekel.
Als die Kaffeetante wieder in ihr Vorzimmerreich entschwunden ist, bestätigen Breskes nächste Erklärungen Hufschmidt, daß der vorherige Sesselsitzer in diesem Raum – was die dienstlichen Belange berührte – wohl eher ein Schwein im falschen Stall war.
Kollegen aus Köln haben den entgleisten Präsidenten gestern Abend verhaftet, und zum BKA nach Wiesbaden gebracht.
Hufschmidt könnte jetzt einen doppelten DB gebrauchen – und als wenn ihm gegenüber ein Gedankenleser sitzt – schenkt Breske ihnen beiden einen irischen Whiskey ein.
Sein kräftiges *„zum Wohl"* ist unzweifelhaft ehrlich gemeint.
Eine Weile herrscht absolute Ruhe zwischen den vier Wänden. Nichteinmal der draußen brandende Verkehrslärm ist hier zu hören. Breske will Hufschmidt wohl Gelegenheit lassen, seine innere Registratur zu ordnen.
„Mit dem Geschehen bis gestern abend haben sie nichts zu tun – da kann ihnen kein noch so wohlmeinender Staatsdiener Nestbeschmutzung oder ähnliches in Ihre Personalakte reden."

Breskes Worte berühren ein heikles Thema in der Behördenstruktur. Verfehlungen in der eigenen Hierarchie werden mit Vorliebe schöngeredet – oder wenn es schlimmer ist – im Keller versteckt. Wer den Deckel anhebt, um den Gestank zu verscheuchen, wird häufig – allzu häufig – als Nestbeschmutzer abqualifiziert.

„Wenn es Ihnen auch etwas plötzlich erscheint – wir mußten unverzüglich handeln, um heute Morgen einen unbefangenen Ermittler ins Feld schicken zu können."

Wilt Hufschmidt begreift den Sinn nicht so ganz und nicht sofort . . .

„Nun schauen Sie mich nicht an, als wäre ich ein Kamel am Nordpol. Sie leiten ab heute die Ermittlungen. Und zwar als Chef der Sektion West der Sonderabteilung D – Herr Ministerialrat."

Irgendwie kommt es Hufschmidt schon wie Weihnachten im Sommer vor. Er wird noch einige Stunden benötigen, um alles zu realisieren.

„Die Interne hier im Hause ist mit sofortiger Wirkung aufgelöst. Eine neue innere Abteilung wird erst wieder gebildet, wenn das Dickicht durchforstet ist, und der Nebel sich gelichtet hat."

Kein Zögern und kein Bedenken unterbricht die Rede Breskes. Für Hufschmidt ist es ein Beweis, daß alles von langer Hand vorbereitet, und sorgfältig durchgespielt wurde.

„Ihre beiden engsten Mitarbeiter" – Breske wirft einen flüchtigen Blick zur Seite, in ein aufgeschlagenes Journal – *„Karin Müller und Hieronymus"* – beim Wort

Hieronymus schaut Breske Hufschmidt zweifelnd an, und setzt, als der lächelnd nickt, noch einmal neu an: *„Also – Karin Müller und Hieronymus Balthasar Meyer sind ebenfalls mit sofortiger Wirkung von ihren Pflichten hier im Hause entbunden."*
Hufschmidt fällt Blässe ins Gesicht – nicht auch Müllerchen und Meyerlein denkt er . . .
Breske, der die Veränderung in der Gesichtsfarbe Hufschmidts bemerkt, beeilt sich hinzu zufügen: *„Um Gotteswillen – Herr Kommiss . . ."* er korrigiert sich mit einem entschuldigenden Blick. *„Herr Ministerialrat – das ist keine Suspendierung. Die beiden gehören ab heute zur Sektion West. Eine so gut eingespielte Mannschaft darf man nicht zerstören."*
In Hufschmidt macht sich hörbare Erleichterung breit. Einen Schlag aus der anderen Richtung hätte er wohl schwer verkraftet.
„Die Führung des Kollegen Hilbers geht übrigens auch in Ihre Hände über."
Als Hufschmidt das hört, blitzt ihm ein Schriftzug wie aus einer Filmklamotte am inneren Auge vorbei: *„Zwei Ostfriesen räumen auf!"*
Einschränkend setzt Breske hinzu: *„Jan Hilbers behält allerdings seine Funktion hier im Hause. Solange wenigstens, bis wir eine neue Quelle erschlossen haben. Auf einen so gewieften Informationsbeschaffer können wir schwerlich ersatzlos verzichten."*
Diese Regelung ist Hufschmidt ganz recht – obschon er Hilbers gerne die offene Anerkennung gegönnt hätte.

„ Bevor diese Änderungen im Hause publik gemacht werden, müssen Sie allerdings ihre Büros räumen – allesamt. Dafür nutzen Sie am günstigsten das Wochenende – dann brauchen Sie die wenigsten Kollegenfragen zu beantworten."
Alle Sachfragen sind schon entschieden, merkt Hufschmidt. Seine Unterschrift war nur der Hebel, der das Ventil geöffnet hat. Jetzt passt Aloisius Ankündigung seines Wochenendbesuches auch ins Bild.
„Ein letztes noch – dann habe ich Ihnen nichts mehr vorzuschreiben." Hufschmidt zieht bei diesen Worten Breskes fragend seine buschigen Augenbrauen in die Höhe.
„Es ist so – schauen Sie mich nicht so erstaunt an" – lächelnd pariert Breske Hufschmidts stumme Frage – *„mit Ihrer Unterschrift sind Sie in den Kreis der gleichberechtigten Sektionsleiter eingetreten. Das meinte ich nach Ihrer Unterschrift mit: Willkommen im Klub! Die letzte Kompetenz liegt allerdings immer beim Staatsrat Seppelfricke – aber ich denke, glaube ich, genau wie Sie – der Alois macht das schon."*
Irgendwie tut es Wilt Hufschmidt gut – mit Freunden nach Lösungen zu suchen.
„Tja – und jetzt dies letzte: Damit Sie nicht nur mit Anordnungen zu Ihren wackeren Mitstreitern zurück gehen" – Breske fingert aus einem Ordner einige Schriftstücke heraus – *„das erste Geschenk des Chefs an seine neuen alten Mitarbeiter. Jetzt sind Sie an der*

Reihe. Ich muß mich ab sofort um den **Laden** *hier kümmern"*
Er überreicht Hufschmidt zwei Briefumschläge, die dieser gleich in seinen Aktenkoffer verstauen will.
„Nein, nein – schau'n Sie ruhig rein – anschließend können Sie die Umschläge ja verschließen – das erhöht bei den Empfängern die Spannung."
Hufschmidt tut wie ihm geheißen, und muß plötzlich tief Luft holen – er hält die Beförderungsurkunden für Karin Müller und Hieronymus Balthasar Meyer in den Händen. Also doch Weihnachten im Sommer – und das nicht nur für ihn. Er freut sich innerlich wie ein kleiner Junge.
„So, mein lieber Kollege Hufschmidt" – Breske kommt mit ausgebreiteten Armen auf den frischgebackenen Ministerialrat zu, er muß ihn einfach umarmen – *„jedweden Titelschmus packen wir am besten in eine Schublade, die gehörig klemmt – bei uns ist dies Brimborium nicht üblich."*
Breske lacht, als er das sagt. *Jetzt, wo ich meine* **Ordre** *abgearbeitet habe, habe ich eine Bitte."*
Der so geschmeichelte ist auf alles gefasst – was kann schon noch **passieren** an Weihnachten im Sommer?
„Der liebe Alois hat Düsseldorf **natürlich** *in seinen Kalender geschrieben, um Einzelheiten mit Ihnen zu besprechen – aber nicht nur."*
Jetzt kommt's – denkt Hufschmidt – aber was dann kommt – daran hat er nicht im Traum gedacht.

„Er hat von Jan Hilbers soviel von der Traumkneipe Kaiserburg gehört – er möchte einmal das Gefühl haben, wieder unter normalen Menschen zu sein – und darum sind Sie vergattert am Samstag abend mit ihm – und natürlich mit allen anderen – in die Kaiserburg zu gehen."
Dem Ex-Kommissar fällt erstmal nichts mehr ein. Alois, der Satansbraten, weiß genau um das Datum – der einzige in der Runde übrigens, dem es bislang bekannt ist, oder muß er sagen **war?**

Am Sonntag wird Wilt Bernhard Fokko Hufschmidt – seiner beiden Großväter Namen haben ihm seine Eltern mit auf den Weg durch das Leben gegeben – **fünfundfünfzig** Jahre alt.
Ganz mit sich allein, und in der Einsamkeit seiner Bärenhöhle am Kleineforst, gedachte er diesen Tag zu verbringen. Fleutjepiepen – hat da wohl jemand in höheren Hemisphären gedacht – und ihm einen dicken Strich durch dieses Wunschdenken gezogen.
Vor Hufschmidts geistigem Auge tanzen derweil schon Christins Frikadellen einen Walzer im Dreivierteltakt mit Willems DB neben schaumgekröntem friesischem Gerstensaft!
Oh Gott, was wird das ein Fünfmarkstückglücksabend für die resolute Wirtin – und welche Belastungsprobe wird es erst für Leber und Magen der Gästeschar.
Er beschließt, seine Kenntnis über die leckgeschlagene Verborgenheit seines Geburtsdatums vorerst für sich zu

behalten. Wenn die Clique es meint, dann sollen sie ihn mal überraschen.

So steht also **noch ein** Weihnachten im Sommer vor der Tür – am Samstag für die Hunschers.

Was für ihn – den schnapszahligen Butenostfriesen an Samstagnacht zur Tageswende vor der Tür steht – davon hat er noch nicht die leiseste Ahnung – der Innenstadtflüchtling Wilt Bernhard Fokko Hufschmidt.

„Und jetzt kommt meine Bitte" holt sein neuer Kollege Breske Wilt Hufschmidt aus seinen beängstigenden Traumbildern – *„ich möchte gerne am Samstagabend dabei sein."*

Bevor er dieser Bitte Breskes mit natürlicher Selbstverständlichkeit eine Einladung folgen läßt, denkt er nur noch: Lieber Gott, laß uns Samstag schon mit der Büroräumung fertig werden – der erste Alltag meines neuen Lebensjahres wird ins Koma versinken.

Ein kurzes Gespräch über Draht in die Villa am Grafenberger Wald hat die Frühstücksrunde der Vertrauten festgenagelt, bis er eintrifft.

Als er in die Villa reinschneit, ist er erstaunt, soviel gespannte Gesichter in nur fünf Köpfen vorzufinden. Auch eine neue Erfahrung jenseits aller mathematischen Gleichungen.

Nur Pollo läßt der ganze Zauber ziemlich kalt. Er hat sich mit einer dicken Schweinshaxe – gestiftet und heimlich übergeben vom neuen Hundenarr Hieronymus

Balthasar Meyer – ins Schlafzimmer, und da in Werners Bett, zurückgezogen.
Wenn Corinna Bülow das spitzkriegt, wird sie wohl ein mittelschwerer Schlag treffen.
„Wir müssen alle ausziehen" – Hufschmidt wirft absichtlich einen Ball in die Runde, den niemand greifen kann.
„Wie ausziehen? Uns ausziehen? Oder was?" Aus fünf Mündern gleichzeitig kommt diese Frage.
Ratlose Gesichter über bewegungslosen Körpern sind die Folge dieser handgreiflichen Aussage.
„Kannst Du das, bitte, ein wenig genauer definieren?"
Karin Müller ist die erste, die mit lässiger Eleganz über die abstrakte Vorlage ihres Chefs hinweg steigt. Bei den anderen hängt das Nichtverstehen seiner Worte etwas länger unter dem Haaransatz.
Hufschmidt grinst zufrieden vor sich hin – just in diesem Moment weiß er, wie dumm **er** selber heute Morgen aus der Wäsche geschaut haben muß.
Das Textblatt mit den Ereignissen, die seit gestern das Präsidium umgekrempelt haben, kann er natürlich nicht lange unter Verschluss halten. Eine halbe Stunde und zwei Flaschen Schampus später wissen alle ausführlich Bescheid.

Meyer hat sich – angesichts der zu erwartenden profunden Gehaltsaufbesserung - in Gedanken schon zwei Paar neue Schuhe nach aktuellstem Chic zugelegt. Auf der Kö natürlich, wo denn sonst! Er schwört aber

gleichzeitig im Stillen, für besondere Fälle in der Zukunft stets ein paar Gummistiefel dabei zu haben.
Seinen lädierten Vierhundertmarks Kö-Tretern hat er, ob der erlittenen Schmach in der Kalkgrube vor Wülfrath, auf seinem Balkon ein Denkmal gesetzt. Der Nachbar von über ihm hat ihn schon gefragt, in welchem Gartenzentrum solche exzentrischen Blumentöpfe feilgeboten würden.

Karin Müller geht mit anderen Gedanken schwanger – sie hat sich doch tatsächlich in den **BMW V8** verliebt – nach landläufiger Meinung passiert so etwas ja bloß gestandenen Mannsbildern – und ist in Gedanken schon mit Corinna über den Preis am verhandeln.
Beim Kauf eines Gegenstandes handeln zu müssen, ist eine Leidenschaft, die sie von ihrem Großvater geerbt hat. Es ist zwar kein Unterhaltungsthema bei ihr – aber ihr Großvater mütterlicherseits entstammte einer Zigeunersippe.
Nichts in der menschlichen Psyche ist ihr fremd – oder wenigstens nicht viel. Sie hat nicht ohne Grund die Seelenfunktionen studiert. Als Bewusstseinsrealistin tauscht sie soeben in Gedanken Corinnas BMW gegen ihr eigenes Begehren auf Wilt Hufschmidt ein.
Getreu dem altchinesischen Grundsatz: **Wer das eine nicht haben kann, der muß auf das andere ja nicht zwangsläufig verzichten.**

Bevor die aufgekratzte Gesellschaft für den Rest des Tages in Einzelpersonen zerfällt, erwähnt Hufschmidt den Wunsch Alois Seppelfrickes, den Samstagabend mit ihnen allen gemeinsam in der Kaiserburg verbringen zu wollen – ohne seinen Geburtstag am Sonntag zu erwähnen. Er kann sich täuschen, doch er meint, aus den sechs Frauenaugen käme ihm weibliche Impertinenz pur entgegen.

Mit einem unbestimmten Gefühl in der Magengegend begibt er sich auf den Weg in seine Bärenhöhle am Kleineforst.

Vor seinem Dreh in die Einsamkeit führt er seinem hungrigen Innenleben an Merkels Büdchen, gegenüber der Kaiserburg, zwei Bockwürste zu. Diesseits und jenseits der Rheinwiesen gibt es keine besseren Knacker für zwischen die Kiemen, wie sie bei Ilse und Hans zu haben sind. Der alle anderen Produkte um Längen überragende Ruf ihrer Würstchen ist festgeschrieben und fernfahrerbestätigt.

In die Kaiserburg schaut er nur kurz rein, um die Wirtin auf den morgigen Abend vorzubereiten.

Er vertraut ihr unter dem Siegel der Verschwiegenheit sein Geburtsdatum an, damit sie morgen Abend nicht in Nachschubschwierigkeiten gerät.

Sein Denken gerät ins stocken, als sie ihm – von einer ihrer unnachahmlichen Handbewegungen begleitet – verrät:

"Jung – doamit verzellst Du mich niks nööäs!"

Damit ist das Rinnsal ihrer Auskunftsfreudigkeit bereits trockengelegt, so sehr Hufschmidt auch nach der Quelle ihres Wissen forscht.

Der Tagessamstag sieht Hufschmidt, Müller und Meyer emsig mit Büroräumarbeiten beschäftigt, während Corinna die Zeit bis zum Eintreffen Seppelfrickes nutzt, Gerti und Alberto die Sehenswürdigkeiten **„der Lady am Rhein"** ein wenig näher zu bringen.
Die beiden hochrangigen Ordnungshüter haben in der urigen Düsseldorfer Altstadtkneipe „Zum Wilddieb" jeder als Andenken einen Bierkrug erstanden. **Natürlich reell und gegen Bezahlung!** Was spätere Betrachter über die beiden rechtschaffenen Kriminalisten denken, wenn sie die Inschrift: **„Dissepisspottisjeklautimwilddeef"** auf den Krügen lesen, mag sich jeder selbst ausmalen.

In dem rustikalen Klinkerbau am Jürgensplatz ist dieser Samstag Gott sei Dank ein Sauregurkensamstag – als wenn die großstädtische Unter- und Halbwelt ein freies Wochenende eingelegt hat. Wer sich von der Besatzung nicht unbedingt in dem Bohnerwachsdufttempel aufhalten muß, pflegt seine Lieb- und Leidenschaften in anderer Umgebung.
Irgendwie beschleicht die drei das Gefühl – Karin Müller hat es am Vormittag treffend formuliert – sich im Leib einer Hydra zu bewegen, der man einige ihrer sieben Köpfe abgeschlagen hat.

Der unermüdlich diensteifrige Aktentransporteur Hilbers sitzt an diesem Samstagmorgen – so wie an fast jedem Tag der Woche – schon hochaktiv Briefe sortierend in seinem Postein- und -ausgangsstudio neben der Kriminalwache am Hauptportal des **Bullenklosters** – wie ein Sprühkünstler kürzlich in einer Nachtaktion die milieugängige Bezeichnung des Polizeipräsidiums auf die Ziegelwand gebracht hat.
„Moin, Herr Kommissar" – tönt es Hufschmidt aus der Korrespondenzzentrale lautstark entgegen.
Hilbers weiß inwendig natürlich, daß der Kommissar passé ist – aber nur inwendig. Nach außen wird er sich noch etwas gedulden müssen, um seinem Landsmann Hufschmidt den höherwertigen Titel Ministerialrat in die Ohren singen zu dürfen.
In seiner Miniküche pfeift schon seit geraumer Weile der Teekessel, was Hilbers zu seinem berühmten Ausruf: *„Ich nööch Sie einen mitzutrinken"* veranlasst.
Die drei wackeren Kämpfer können diese Einladung zu einer Tasse Tee schwerlich ausschlagen. Zumal Meyer sie allesamt mitzieht, da der Duft von frisch gebratenen Spiegeleiern verführerisch in sein Riechorgan kräuselt.
Hilbers handelt immer getreu dem altgermanischen Ausspruch: **Mit heeten Spekk faangt man Müüs** – denn er braucht Meyer für eine kleine außerdienstliche Gefälligkeit.

Der rührige Hilbers hat von seinem alten Kumpel Siggi eine Geburtstagsüberraschung für seinen Chef eingetauscht. Siggi ist eine stadtviertelbekannte brandenburgische Spriteule, der vorrangig mit Hilbers die Vorliebe für klare Schnäpse teilt, und nachrangig als Pferdepfleger auf Talihoh – einem honorigen Reitstall im Torfbruch – arbeitet. Die Geburtstagsüberraschung für den Kommissar hat er auf höhere Weisung hin eingetauscht..

Die ganze Geschichte hat den kleinen Hilbers schon im Vorfeld eine gehörige Portion Überzeugungskraft gekostet – die Spriteule aus der Streusandbüchse Deutschlands wollte sich partout nicht von dem Goldstück trennen, auf das Hilbers es auftragsgemäß abgesehen hatte. Streusandbüchse Deutschlands nannte Siggi selber seine brandenburgische Heimat wohl hundertmal am Abend - nachdem ein guter Branntwein zuvor seinen Promillehaushalt ausgepegelt hatte. Lachen konnte von den Stammtrinkern darüber keiner mehr – ausgenommen er selber – und zwar ständig in den gleichen Oktaven.

Jan Hilbers konnte seinen Kumpel zu guterletzt denn doch dazu bewegen, ihm seinen Liebling zu überlassen. Allerdings wechselte ein Karton Friesengeist im Vorhinein den Besitzer. Dieses edle Gesöff importierte Hilbers in schöner Regelmäßigkeit für seinen Eigenbedarf aus Norddeutschland. Was tut ein Ostfriese nicht alles aus Menschenfreundlichkeit.

Der Bayer Seppelfricke gedenkt sich nämlich für eine Geburtstagsüberraschung Hufschmidts während ihrer gemeinsamen Studentenzeit zu revanchieren.

In der Nacht zu Alois seinem einundzwanzigsten Wiegenfeste hatte sein damaliger Zimmernachbar sich nämlich etwas ganz besonderes einfallen lassen. Vom schönen Geschlecht fühlte sich der Bayer damals schon über die Maßen angetan.
Hufschmidts Mutter sah das allerdings als erbliche Belastung an.
Dem erzkatholischen Vater Seppelfricke war es nämlich vergönnt, fünfmal in den heiligen Stand der Ehe zu treten – was selbst den liberalen Ostfriesen doch etwas zu hoch gegriffen war.

Seinen Volljährigkeitsgeburtstag beabsichtigte der weiberverrückte Bayer – wie ihn sein Juraprofessor einmal leger titulierte – mit einer Wuchtbrumme in trauter Zweisamkeit, in der Einöde seiner Studentenbude, zu verbringen. Hufschmidt, mit besten Verbindungen zu in Ostfriesland ansässigen Hausschlachtern, bereitete dem lüsternen Aloisius eine dezente Geburtagsüberraschung. Im Liebesnest des erwartungsfrohen Freundes deponierte er einen wunderschönen, frisch aus dem Norden der Republik importierten, Schweinskopf - samt dazu gehörigem Ringelschwänzchen. Das ganze Ensemble geschmackvoll dekoriert mit rosa Schleifchen.
Das Herzensglück des verliebten Gockel suchte daraufhin laut kreischend das Weite.
Gemeinsam mit seinen Kommilitonen, die anschließend feixend mit ihm seine mühsam gehorteten Getränkevorräte schleiften, erwachte er am ersten Morgen in

seinem neuen Lebensabschnitt nicht mit einem Arm voller Weiblichkeit im kuscheligen Sündenpfuhl – sondern mit einem wuchtig brummenden Schädel auf der Damentoilette.
Er war schlicht und ergreifend total besoffen auf dem falschen Lokus eingepennt.
So eine Schmach muß getilgt werden – da spielt die Zeit überhaupt keine Musik. Und heute war die Gelegenheit da.

Um vier Uhr am Nachmittag waren die drei frischbeförderten Kriminalisten mit ihrer Sisyphusarbeit endlich zu Rande gekommen. So blieb ihnen noch genügend Zeit, um sich auf den gemütlichen Abend vorzubereiten. Sie müsse ihre Fassade einer gründlichen Renovierung unterziehen, wie Karin Müller anmerkte, als sie die letzte Tür im Präsidium hinter sich schlossen.
Sie düste direkt und unvermittelt in ihre kleine Burg am Zoo, um das Werk hinter sich zu bringen.
„Frauen brauchen ja bekanntlich etwas länger für die Instandsetzung ihrer Außenmauern" schickte Meyer ihr noch freundlich grinsend hinterher.
Weil – seine Frist war kürzer bemessen. Er mußte in Hilbers Auftrag noch ein kleines Transportproblem lösen. Währenddessen wollte Hufschmidt am Hildener Kreuz Alois Seppelfricke in Empfang nehmen, um ihm das Gewusel durch die Innenstadt zu ersparen.

Als wenn sie die Sekunden abgestimmt hätten, kann Alois S. sich oberhalb des Unterbacher See an Hufschmidts Auspuff hängen.
An der Vennhauser Allee gebietet die Ampel Stopp. Sekunden vorher hatte Seppelfricke seinen Vorfahrer heftig mit der Lichthupe angeblinkt. Hufschmidt nutzt die Gelegenheit des roten Signals, seinen Freund nach dem Grund des Blinkens zu fragen. Aus diesem Grund verläßt er kurz sein Fahrzeug. Sein Freund braucht ganz einfach nur noch eine Gelegenheit, um für seine Gerti ein Mitbringsel zu besorgen.
Die Ampel ist schon auf Grün gesprungen. Der gute Wilt will einem Hupkonzert musikbegeisterter Autofahrer entgehen – er sprintet, noch mit dem Blick in Aloisius Gesicht hängend, zu seinem Wagen, und schwingt sich hinein. Da sitzt er gut, doch völlig falsch – er sitzt nämlich **hinten** in seinem Auto - **auf dem Rücksitz! Oh Gott – wie peinlich!**
Gehupt hat keiner der anderen Autofahrer – nur - angefahren ist während des notwendigen Platzwechsels auch niemand. Bloß eine geräuschlos donnernde Lachsalve erschütterte den Kreuzungsbereich. Seinem Freund Alois stand das Lachen darüber noch im Gesicht, als sie im Kleineforst eintrudelten.
Ein Hotelzimmer hatte Hufschmidt für die zwei Übernachtungen gar nicht erst angedacht, sein Freund nahm selbstverständlich bei ihm Quartier. Sie wollten mal wieder so richtig gemeinsam in gefühlsbeladenen, farbenfrohen Jungmännererinnerungen schwelgen.

Die kleine, unwichtige Begebenheit vom Nachmittag erzählte Seppelfricke doch tatsächlich später der angesäuselten Runde.
Im Brustton der Überzeugung bekamen alle zu hören – sogar die Ampelmasten hätten sich gebogen vor Lachen - - - und dabei wollte der Herr Ministerialrat doch bloß schon mal testen, wie man sich so fühlt, wenn man im Fond sitzt und chauffiert wird. Würden in der Kaiserburg Ampelmasten stehen – auch sie hätten sich ganz bestimmt – genau wie die Zuhörer – schiefgelacht.
Hufschmidt trägt das alles in den letzten Minuten des sich vollendenden fünfundfünfzigsten Jahres mit norddeutscher Gelassenheit, und mit leicht unterkühltem ostfriesischem Humor!
Er weiß noch nicht, daß seine Gelassenheit und sein Humor in den langsam anlaufenden Minuten des fünfundfünfzigsten Jahres eine harte Bewährungsprobe bestehen müssen – der Ärmste!
Aber das ist später.
Zuallererst trinken die beiden unbeweibten Mittfünfziger in Hufschmidts gemütlicher Küche einen Kaffee.
„Der" – wie Seppelfricke anerkennend sagt – *„tatsächlich duftet, wie die Werbung es verspricht, wenn sie ihre Flügel ausbreitet, in dem bunten Bilderkasten von Fernsehapparat."*
Bevor sie zu Seppelfrickes Wunschkneipenerlebnis aufbrechen, erbittet sein Gast noch einen Haustürschlüssel von ihm. Nur für den Fall, daß man getrennt

den Bettweg antreten würde. Man kann ja nie wissen, was kommt. Der Schlüssel wird allerdings in Seppelfrickes Tasche an diesem Abend gar nicht so recht heimisch, sondern wandert gleich in der Eckkneipe, als Sesam öffne dich, in Meyers Rocktasche.
Als sie die gemütliche Bärenhöhle verlassen, hängt Alois noch beiläufig den inhaltsschweren Satz: *„Fühlt man sich nicht manchmal etwas einsam hier draußen – so ganz alleine?"* an die Pforte. Hufschmidt weiß darauf spontan nicht so recht etwas zu sagen – und läßt das gesagte einfach da hängen.
Bei der ihm altbekannten bayrischen Nickeligkeit seines Freundes ist es im Grunde schon ein Dienstvergehen.
Ein paar magere Minuten nach acht schlägt den beiden bereits eine ziemlich ausgelassene Stimmung aus der vollbesetzten Gaststube entgegen, als sie eintreten.
Auf verschlungenen Pfaden ist die Kenntnis vom heutigen Kneipenbesuch bei seinen vier Skatbrüdern gelandet – die sind nämlich auch allesamt anwesend.

Die Inhaberin der Hausmacht ist über ihren eigenen Schatten gesprungen, was bei ihrer Charakterfestigkeit, und ihrer beachtlichen Leibesfülle, eine erhebliche Kraftanstrengung bedeutet.
Mit dem Freistaat Bayern hat sie im allgemeinen, und auch wohl im besonderen nicht viel im Sinn. Doch heute Abend sieht man auf allen Tischen blau-weiße Decken liegen. Sogar Blumen, die ihre Gäste ganz entfernt an Edelweiß erinnern sollen, zieren den Raum.

Zur Begrüßung serviert sie den beiden Neuankömmlingen persönlich zwei Maß Wiesenbier, und einen bläulich schimmernden Enzian. Sie hat ihren erstaunten Hausbierlieferanten einige Stunden vorher noch auf Trab gebracht – ein Fass Spatenbräu ist kurzfristig in die Kaiserburg geliefert worden.
Der, das Fass noch nach Feierabend anliefernde, perplexe Bierkutscher hat sich bei Wirt Willem gefühlvoll erkundigt, ob sein Hausdrachen zwischenzeitlich den Löffel abgegeben habe. Christin hatte ihn nämlich erst kürzlich resolut von Willems DB Freigiebigkeit getrennt. Das kann er ihr nicht so schnell vergessen.
Die agile Wirtin weiß, was sie ihren – oder besser Hufschmidts Gästen - schuldig ist. Denn er wird wohl der Zahlmeister sein – wenn es ans Abrechnen geht.
Der kriminalistische Ministerialrat hat bisher nicht gewusst, wie viel musikalische Talente in seinem Bekanntenkreis schlummern. Als nach dem dritten **JEVER-Pilsener** Meyer in die Tasche greift, und unversehens eine Mundharmonika in seinen Händen hält, wirkt es auf alle Anwesenden wie ein Signal.
Alois Seppelfricke zaubert aus einem Behältnis unter dem Tisch eine Zither hervor, und Willem der Schmiedewirt, erscheint in der Kombüsentür mit seinem uralten Quetschkasten. Christins Ausspruch in der Küche - angesichts der melodischen Produkte ihrer Gäste: *„Su könne jo ooch keene Jroschen in de Musikmaschin kumme"* hören allerdings bloß ihre Frikadellen, die vergnügt in der Pfanne vor sich hin brutzeln. Als

Karin Müller dann anfängt zu singen, fallen die anderen Gäste ohne Ausnahme mit ein. Der Kaiserburg Chor ist komplett.

Dass Meyer sich während dieser allgemeinen Schunkelei aus dem Staube macht, bemerken nur die eingeweihten Verschwörer. Draußen trifft er auf Jan Hilbers, der absichtlich noch nicht in der Kneipe erschienen ist. Die beiden Kumpane machen sich auf den Weg, um für ihren verehrten Chef die Geburtstagsüberraschung in trockene Tücher zu bringen. Eine Stunde später befinden sie sich wieder in der trauten Runde, von der sich der bedauernswerte Interimspolizeipräsident Breske leider schon früher verabschieden mußte. Eine Dringlichkeitssache erforderte seine Anwesenheit auf der Dienststelle.
Hufschmidt hat seinem Freund Alois tief in sich drin schon Abbitte geleistet – der hat nämlich nicht ein Sterbenswörtchen von dem bevorstehenden Geburtstag verlauten lassen. Echte Männerfreundschaft ist eben so!

Das Geburtstagskind in spe bekakelt gerade in der Küche mit der Wirtin die Modalitäten des Nulluhrtermins, als mit einem Höllenspektakel der Fernsprecher an der Wand mobil macht. Irgendjemand versucht hartnäckig eine Verbindung zu bekommen. Nach dem zehnten Klingeln reißt Christin der Geduldsfaden. Es klingt beileibe nicht freundlich, als sie *„Willem – hür* *up zo suffe un jang ewes aan de Apparat – isch hang keen Zick"* in die Gaststube hinausruft.

„Eech jonn jo all" kommt von Willem leicht knütterig zurück. Vorher versenkt er noch blitzschnell sein Schnapsglas im Wasserbecken des Tresens.

Nach drei Schritten hat er den Hörer in der Hand, und nach einem lauten *„Wat is loß?"* in die Muschel, ruft er über die Schulter Hufschmidt zu: *„Jong – dat is für Dich – Dinge Naber – de verzellt mich wat van Inbrescher"* und reicht den Sprechknochen an den so angesprochenen weiter.

Hufschmidt erhält von seinem Nachbarn die Information, daß wohl jemand versucht hat bei ihm, Hufschmidt, in die Wohnung einzusteigen. Auf jeden Fall stört die anderen Anwohner die jaulende Alarmanlage. Er möchte diese doch gefälligst abstellen, denn es gäbe ja auch noch Leute, die schlafen wollten. Woher der freundliche Nörgler überhaupt weiß, daß er in der Kneipe ist - diese nahe liegende Frage kommt ihm gar nicht in den Sinn.

Hufschmidt stöhnt laut auf: *„Wenn unsereins sich schon mal was vornimmt"* – und saust ohne Jackett, von seinem Freund Alois begleitet, nach draußen.

Auf dem riesigen Krankenhausparkplatz bei seinem Auto angelangt, stellt er fluchend fest, daß sich das Schlüsselbund in seiner Jacke befindet. Die hängt natürlich gut und trocken in der Kneipe. *„Komm – wir nehmen mein Vehikel – einen Haustürschlüssel hab ich ja."*

Alois rennt schon vor – auf die andere Seite der gerade nicht kleinen Abstellfläche – zu seinem Wagen.

Dreißig Sekunden bevor die Glocke zwölfmal schlägt, schließt ein sich über die stumme Alarmsirene, wundernder Hufschmidt den Eingang zu seiner Wohnung auf.

Er schaltet die Beleuchtung ein – und gleichzeitig mit dem Lichtschein, der aus der Diele in die Küche fällt – fällt bei ihm auch die Kinnlade runter. Nur gut, daß sie im Kiefer festsitzt.

Am Rauchtisch in der Ecke steht ein ausgewachsener, rotbunter Ziegenbock und verspeist genüßlich mampfend seinen Zigarillovorrat eines Monats.

Auf dem Tisch steht ein großes, kunstvoll gemaltes Schild mit der Aufschrift: **Ich heiße Isidor. Ich wohne ab heute hier, und bin ein Hausmittel gegen die Einsamkeit!** – und hinter Hufschmidt steht der geschlossene Kneipenchor, und singt zwar nicht schön, dafür aber umso lauter: *„Alles Gute zum Geburtstag!"*

Als er wieder Luft holen kann, und mit entgeistertem Blick zu seinem Freund schaut, sieht er in Alois Augen gerade einen Schweinskopf und ein Ringelschwänzchen mit rosa Schleifchen im Abgrund des Vergessen verschwinden. Für den Bajuwaren ist die Welt wieder im Lot.

Spätestens jetzt ist auch wohl dem unbefangensten Leser klar, daß von dem Rest dieser Nacht am darauf folgenden Mittag - außer der Frikadellenkönigin natürlich – keiner der Beteiligten ein ausführliches Protokoll anfertigen könnte. Bei jedem der Mitmacher wurde noch nie vorher ein so dicker Schädel gemessen.

In zwei dieser dicken Schädel dringt um dreizehn Uhr neuerer Zeitrechnung ein messerscharfer Pfeil, in Form einer ballernden Faust an der massiven Haustür.
Zwei uniformierte Kollegen versuchen sich im Vorgarten in der nichtolympischen Disziplin, Tote zum Leben zu erwecken. In der wertungsreifen Zeit von drei Minuten und dreißig Sekunden haben sie es geschafft.
Hufschmidt drückt im zweiten Moment des Begreifens den Türöffner – und im dritten Moment sehen sich die beiden Uniformträger in der Hufschmidtchen Diele einem leibhaftigen, angriffslustigen Ziegenbock mit gesenkten Hörnern gegenüberstehen.
Die Schnapsdrossel von Siggi hatte dem männlichen Hornviech Isidor nämlich eine latente Abneigung gegen alles uniformierte in die Seele gepflanzt. Dem mittlerweile halbwegs aufnahmefähigem Kommissar – denn das ist er seinen Kollegen von der Streife gegenüber ja noch – gelingt es nur mit Hilfe einer Bauernlist, Isidor von den Dienstkleidungsträgern weg zu locken. Er muß wohl oder übel – und das tut er mit einem weinenden und einem lachenden Auge - zu Seppelfrickes heiß geliebten achtziger Fehlfarben greifen. Was der wiederum mit einem herzzerreißenden Aufschrei seiner Seele quittiert.

Den konsterniert dreinblickenden Kollegen im öffentlichen Tuch, erklärt Hufschmidt, mit einem reichlich gequält wirkendem Lächeln: *"Der Arzt hat meinem Ziegenbock das Rauchen verboten – deswegen frisst er jetzt die Zigarren nur noch,"* – und um dem im Hintergrund feixenden Alois noch eins auszuwischen, fügt er unbefangen hinzu: *"Das Rezept sollten Sie sich merken, meine Herren – der Herr Staatsrat kann ihnen bestätigen, daß es hilft. Er schwört auch auf diese Methode der Qualmentwöhnung."* Peng – das saß.
Das Feixen in Alois Gesicht ist mit einem schnellen Hopser in die Mienen über den grünen Jacken gesprungen. Hufschmidt grinst innerlich, und denkt befriedigt: So, mein lieber Aloisius – auf deinen Streich heut Nacht konnte ich dir nicht rausgeben – aber wie du siehst, jetzt reichte das Kleingeld.
Auf der Frontseite von Seppelfrickes Charakterkopf ist der Ärger darüber abzulesen, daß Ostfriesland schon wieder gegen Bayern in Führung gegangen ist.
Es ist auf jeden Fall sicher, daß die Berichterstattung, von dieser Episode der Schlacht Ostfriesland gegen Bayern, in Windeseile den Weg durch die Polizeireviere der rheinischen Landeshauptstadt geht.
Ihren Auftrag, den Kommissar schnellstens ins Präsidium zu bringen, haben die beiden Ordnungshüter – so scheint es zumindest - vergessen zu haben.
Bis Hufschmidt sie freundlich fragt: *"Womit kann ich Ihnen, außer mit meinem Rezept zur Qualmentwöhnung, noch dienen, liebe Kollegen?"*

Es liegt wohl tatsächlich eine Blockade der Denkfähigkeit vor, denn erst nach einer Phase intensiven gegenseitigen Anschauens kommt aus beiden Mündern gleichzeitig: *„Wir sollen Sie mit **AK** ins Präsidium bringen, Herr Kommissar!"* – wobei der rechts stehende Fassungslose mit nervösen Fingern einen Briefumschlag aus seiner Rocktasche nestelt, und zu dem Frager hinüberreicht.
„Danke." Hufschmidt wirft einen Blick auf den Inhalt – *„Kollegen – macht Euch selbst einen Kaffee – es steht alles auf der Anrichte bei der Kaffeemaschine. Mit sowas kennt ihr Euch ja sicher aus.*

Wir" – er sagt wir, mit einem Seitenblick auf Seppelfricke - *„sind in ein paar Minuten soweit."* Damit lassen sie die Schutzleute in der Küche allein werkeln.
„Wie es scheint, haben wir etwas verschlafen" – ist das erste was Wilt zu seinem Freund sagt, als sich die Tür hinter ihnen schließt.
„In Berlin ist letzte Nacht Genevieve Ricchione ermordet worden – man hat sie vor einer Stunde in ihrem Zimmer gefunden – erdrosselt!" Steinhart ist sein Gesicht bei diesen Worten.
„Das Karussell fängt sich zu drehen an, auf in den Kampf," der Staatsrat ist plötzlich wieder ganz Profi, als er das sagt.
Der Kaffee ist noch gar nicht komplett in den Tassen gelandet, stehen die Kriminalisten schon startbereit in der Küche. Die beiden Uniformierten springen auf wie

bei einem Wettbewerb - alles stehen und liegen lassend.
"Meine Herren – ‚ne Tasse Kaffee wollen wir denn aber auch noch trinken!" Seppelfricke beweist Souveränität, und hält damit die Hektik an der kurzen Leine.

Dreißig Minuten nach diesem Satz sitzen sie Breske in dessen Büro gegenüber – und noch einmal dreißig Minuten später ist Seppelfricke auf dem Weg nach Berlin.
Hufschmidt – jetzt als Sektionschef und Ministerialrat - beordert Karin Müller und Meyer in die Villa am Grafenberger Wald. Die ist solange, bis sie neue Diensträume bezogen haben, ihre provisorische Leitzentrale.
Irgendwelche hilfreichen Geister hatten es übers Wochenende auf die Reihe gebracht, für die Mobilität des neuen Gruppenchefs zu sorgen. Eine maßgeschneiderte Blechkiste aus Untertürkheim steht vor dem Präsidium - außen unscheinbare Limousine der gehobenen Klasse – innen ein Wunderwerk modernster Technik.
Aus dem Fahrzeug heraus kann Hufschmidt völlig autark agieren.
Mit diesem Gefährt ist er jetzt unterwegs zu Corinna, als die ersten detaillierten Informationen aus Berlin ihn erreichen.

- - - Um einundzwanzig Uhr sieben MEZ landet eine Maschine der Lufthansa - Flugnummer dreihundertzehn von Ankara nach Berlin - zu einem Zwischenstopp in Frankfurt/Main - - - Es wird nur Post ausgeladen - - - Passagiere gehen auf Rhein/Main

nicht von Bord - - - Unter den Fluggästen befindet sich das bereits bekannte türkeireisende Mitglied des Deutschen Bundestages Heribert F. - - -

Der Schreiber am anderen Ende des Nachrichtenbandes legt eine kleine Pause ein – wahrscheinlich wird in Berlin gerade Kaffee getrunken, denn nach einer Spanne von zweimal schlucken geht es weiter.

- - - MdB Heribert F. ohne Aufsehen in Frankfurt vorläufig festnehmen - - - unverzüglich nach Düsseldorf verbringen - - - Verfahren zur Aberkennung der Immunität läuft - - - absolute Nachrichtensperre - - - keine Informationen an andere Dienste - - - Schneewittchen - - -

Schneewittchen ist Seppelfrickes Rückversicherer auf der obersten Ebene – in der Abteilung D weiß niemand wer es ist – keiner kennt, auch nicht andeutungsweise, die Person hinter dem Tarnnamen.

In der Villa am Wald nehmen *„die drei Unerschrockenen"* – wie Meyer sie am Tag zuvor getauft hat – sich nur die Zeit für ein Brötchen. Corinnas liebevoll aufgebautes Buffet muß leider unangetastet vor sich hin glänzen. Genau wie die Träne in Meyers linkem Auge beim Anblick der Köstlichkeiten, denen er zu seinem Bedauern nicht mehr zu Leibe rücken kann. Sehr zu seiner Freude packt die Herrin des Hauses dem neuen

Hundenarren eine mittelprächtige Portion der Leckereien ein.
Seine Schweinshaxenspendenaktion für Pollo trägt sie ihm nicht nach – die Gute. Meyer fühlt sich wie im siebenten Himmel – obwohl – ob es im siebenten Himmel solche Mengen an herrlichen Köstlichkeiten zu futtern gibt, das steht wohl noch in Frage.

Hufschmidts neue Dienstkarosse erfährt auf der Autobahn nach Frankfurt ihre Feuertaufe. Meyer hat das Steuer übernommen, kann mal wieder so richtig *„die Sau rauslassen",* wie er sich zum wiederholten mal ausdrückt.
„Meyer, Meyer – nur nicht übertreiben – sonst können wir in Frankfurt die andere Sau womöglich nicht mehr in den Kasten kriegen", bremst Karin Müller mit einfühlsamen Worten die ungestüme Fahrlust ihres Kollegen. Trotzdem legt der immer hungrige Wortkomponist Hieronymus Balthasar Meyer eine rekordverdächtige Streckenzeit hin.
Düsseldorf – Frankfurt eine Stunde vierzig Minuten und ein paar zerquetschte.
Die schöne Müllerin schlägt ihrem tempogeilen Kollegen ernsthaft einen Wechsel zur japanischen Luftwaffe vor – als Kamikazepilot. In ihrem zarten Frauenmagen spielen nämlich ob des unkonventionellen Fahrstils ihres Kollegen die Nachwehen der vergangenen Nacht das uralte Kinderspiel **hasch mich – ich bin der Frühling**.

Der dicht verhangene Himmel über der Mainmetropole bricht das Licht von Abermillionen Kerzenstärken, und verleiht dem hessischen Schmelztiegel von Gut und Böse einen weithin sichtbaren, trügerischen Heiligenschein.
Die regenschwangere Wolkendecke hängt so tief – einige der Geldsilos in der inneren Stadt verstecken schamvoll ihre Häupter in ihr. Sie scheuen die Helle, hat man den Eindruck.
Was Meyer wiederum veranlasst, seiner philosophischen Ader freien Lauf zu lassen. *„Die toten Gebäude auf dieser Kapitalinsel beweisen mehr Charakter, haben wahrscheinlich mehr Schamgefühl, als die Bänker, die in ihnen das Sagen haben."*
Es treibt ihn um – den feinfühligen Meyer – man kann es ihm ansehen. Seine beiden Mitfahrer äußern sich nicht dazu – geben aber ihrem heißspornigen Kollegen im Stillen recht.

Gegen die Schwierigkeiten, die es zu überwinden gilt, um auf dem Flughafengelände in die Transitzone zu gelangen, erweist sich die Fahrt hin nach Frankfurt als wahre Streicheleinheit.
Die unteren Chargen des Flughafensicherheitspersonals sehen in ihnen allem Anschein nach Topterroristen, mit deren Dingfestmachung Glanzpunkte in die Personalakten gepflanzt werden können.

Hufschmidt muß doch wahrhaftig erst dem Betriebsdirektor dieses Molochs Luftdrehscheibe den Abend vergällen – den dieser auf einem Empfang in der britischen Botschaft verbringt – bevor die Holzköpfe des hausinternen Wachdienstes kapieren, daß sie sich verkrümeln müssen. Ohne diese drastische Maßnahme wäre wohl ein Großaufgebot der Frankfurter Kollegen nötig gewesen, um die uneinsichtigen Wichtigtuer auszuschalten. Dann hätten sie sich aber ebenso gut am Römer hinstellen können, um die Festnahme des Herrn Sowieso mit einem Megaphon bekannt zu geben.

Mit reichlich dreißig Minuten Verspätung nach vier Warteschleifen über dem Sündenbabel Frankfurt setzt die Maschine der Lufthansa zur Landung an.

Der Kapitän der Maschine ist dahingehend instruiert worden, den Abgeordneten Heribert F. kurz nach dem Andocken der Entladeschächte zu einem Gespräch in die Kanzel zu bitten. Aus der Kanzel heraus wird Meyer dann den Fluggast, ohne Aufsehen zu erregen, nach draußen begleiten.

Der große metallene Vogel kommt zehn Meter vor der wartenden Gruppe auf dem Rollfeld zum Stillstand.

Von unten kann man den Käpten mit der Bordsprechanlage hantieren sehen. Nach zwei Minuten wiederholt sich das Spiel – und nach wiederum zwei Minuten verläßt der Chef an Bord das Cockpit für die Länge einer Zigarette.

Die ist gerade zu Ende geraucht, als gleichzeitig mit der erlöschenden Glut das Sprechfunkgerät lebendig wird.

„*Hier spricht der Kapitän. Ich bitte den leitenden Kriminalbeamten umgehend an Bord zu kommen.*"
Aber nicht die Kanzeltür öffnet sich, sondern die quäkende Stimme fordert die Gangway für den mittleren Ausstieg an. Oben auf der Treppe wird Hufschmidt vom Kapitän erwartet, der ihn wortlos in die schwach besetzte erste Klasse führt.
„*Ich glaube, Sie haben sich umsonst nach Frankfurt bemüht.*"
Hufschmidt schaut den Flugkapitän ungläubig an: „*Ist unser Mann etwa nicht an Bord?*"
Leise Zweifel überkommen den Ministerialrat – so schlecht können die Berliner doch nicht informiert gewesen sein.
„*Doch, doch ... der ist schon hier*", der Kapitän ringt die Hände – „*nur - ich fürchte, unser Flug endet hier – Ihr Mann ist tot!*" Hufschmidt beugt sich über den wie schlafend dasitzenden Volksvertreter. Als er sich umwendet, kann er nur sagen: „*Das haben sie ganz richtig erkannt – Ihr Flug **ist** hier vorläufig zu Ende.*"
Das ehrenwerte Mitglied des Deutschen Bundestages - Heribert F. -hat hoch über den Wolken das Zeitliche gesegnet.
Jetzt sind die Frankfurter Kollegen doch noch gefordert. Ihnen fällt die äußerst dankbare Aufgabe zu, mit ihren Ermittlungen den einhundertunddreizehn Gästen an Bord des Lufthansa – Jets mit der Flugnummer dreihundertzehn die Rückkehr aus dem Türkeiurlaub zu versauen. Die Nacht über werden sie gut bewirtet von

der Fluggesellschaft – und noch besser befragt und genervt von der Kriminalpolizei.
Obwohl Hufschmidt sich hundertprozentig sicher ist – von den Passagieren hat keiner etwas mit dem Tod des korrupten Volksvertreters zu schaffen. Aber das, bitte schön, behält er mit Freuden für sich. Warum sollen nicht alle etwas von dieser glücklichen Entwicklung haben.
Ostfriesen sind nun einmal von Natur aus großherzig veranlagt.
Dem heißen Verlangen der Frankfurter Kollegen auf die zweihundertfünfzig Pfund sterblicher Überreste des politischen Leichnams muß Hufschmidt zu seinem größten Bedauern ein kräftiges P vorsetzen.
Auch wenn die Frankfurter Pathologen sich über jeden Auftrag wie die Schneekönige freuen – dieses interessante Stück Vergänglichkeit muß leider ein anderer Leichenschneider sezieren.
Der Leib des, in hohen himmlischen Sphären, verschiedenen Wählerstimmenbesitzers wird von ihm wegen drohender Seuchengefahr beschlagnahmt und isoliert.

Eine Stunde später ist die schwergewichtige Aluminiumkiste bereits auf dem Weg in die Düsseldorfer Gerichtsmedizin.
Der, noch vom Frankfurter Lufthafen aus, von diesem neuerlichen Präsent unterrichtete Prof. Dr. Dr. Adrianus Klaver wetzt sicher schon in seinem weiß gekachelten Atelier die Seziermesser.

Es hat Hufschmidt einen inneren Vorbeimarsch an freudigen Lachern beschert, als man ihm mitteilte, man müßte den Herrn Professor jüstemang aus einer Hochzeitsgesellschaft holen. Der Freund in dem Kriminalisten Hufschmidt betrachtet diesen Umstand so ein bißchen als Wiedergutmachung für die bewusste Finte im Fall Pöppelschneider.

Auf dem gleichen Weg befinden sich auch die drei Verschworenen schon wieder. Es eilt den Dreien. Die Ereignisse scheinen voraus zulaufen – die Ermittler hinken ihnen ständig ein Stück hinterdrein. Als wenn jemand auf der anderen Seite Gedanken lesen könnte – schießt es Hufschmidt durch den Kopf. Irgendwo muß bei ihnen ein Fenster sein, durch das Unbefugte ungehindert hineinschauen können.
Da nützt auch ein noch so perfekt gesicherter Tresor nichts.
Wie sagte Seppelfricke doch vor kurzem im Reichstagskeller? Es sei denn, es spielt jemand mit falschen Karten! Falsche Karten - diese beiden Worte beschäftigen den Kriminalisten unablässig, wie ein ungelöstes Silbenrätsel.

Karin Müller hat das Lenkrad in ihre schlanken Hände genommen. Als begeisterte Autofahrerin kann sie sich diese Gelegenheit ja nicht entgehen lassen. Sie läßt zwar nicht, wie Meyer am Nachmittag, auf der wenig befahrenen Autobahn, die Sau raus – aber so ein klitzekleines Ferkelchen kann man bei genauerem Hinsehen doch in ihren schönen Augen entdecken. Als sie nach gut zwei Stunden von Pollo, in der Villa am Wald, freudig begrüßt werden, ist davon jedoch in ihren strahlenden Lichtern nichts mehr zu entdecken.

Meyer ist, trotz vieler Stunden unermüdlichen Einsatzes nach so einer rauschenden Geburtstagsfeier, wie die von der vorhergehenden Nacht eine war, der zufriedenste Mensch im Regierungsbezirk. Die exzellenten Köstlichkeiten vom Nachmittagsbuffet rettet er nun vor dem Verfallsdatum, indem er sie schlicht und einfach durch seinen Schlund ruttern läßt. Pollo leistet ihm dabei bereitwilligst Hilfestellung.

Was Karin Müller lachend zu der höflichen Randbemerkung veranlasst: *„Der Hund ist genauso verfressen wie Du!"*

Meyer stören solcher Art Empfindungen, wie die seiner verehrten Kollegin, nicht im mindesten – er freut sich im Gegenteil von Herzen über Pollos Seelenverwandtschaft.

Corinna freut sich natürlich genauso riesig, wenn sie auch bestimmt andere Gründe bewegen. Sie brennt förmlich vor Wissbegier. Die Journalistin in ihr ist endgültig wieder zum Leben erweckt worden.

Umgedreht worden ... Hufschmidts Denken kreist immer wieder um diese zwei Worte. Er hat Karin Müller und Hieronymus Balthasar Meyer – ihrem Meyerlein – für den morgigen Tag freigegeben, und sitzt jetzt zu

mitternächtlicher Stunde, seinem Freund aus Jugendtagen – Addi Klaver – gegenüber. Das Resultat der ersten Tests ist soeben aus dem Labor zu ihnen hoch geschickt worden.
Als Todesursache wurden Bestandteile einer Depotdroge analysiert, deren Wirkung im menschlichen Körper exakt fünf Stunden nach der Freisetzung eintritt. Das Gift kann das Opfer also unmöglich im Flieger zu sich genommen haben. Der Aufenthaltsort fünf Stunden vor Eintritt des Todes ist der Tatort. Irgendwo im türkisch – kurdisch – irakischen Dreieck. Der weltläufige Ostfriese Wilt Hufschmidt sieht sich schon als Kara ben Nemsi verkleidet auf orientalischen Basaren in Opiumhöhlen auf Spurensuche.
"Hier in Deutschland wird Dein Grübeln niemand erleuchten, mein Freund", – wenn Addi Klaver mein Freund zu ihm sagt, weiß Wilt Hufschmidt – irgend etwas tiefgehendes bewegt den holländischen Experten. Auch diesmal täuscht er sich nicht.
"Du mußt in die Türkei." So wie der Professor den Satz auf den Tisch legt, ist es keine Überlegung – es ist eine ganz konkrete Feststellung.
"Wenn Du der Sache nicht auf den Grund gehst, wirst Du keine Ruhe mehr finden."
Der Käseliebhaber blickt Hufschmidt durch seine blitzenden Brillengläser an – *"ich kenne Dich lang genug. Du hast Dich nicht verändert – fang jetzt nicht an, mir was anderes erzählen zu wollen."* Hufschmidt sagt darauf gar nichts.

Adrianus Klaver vertieft sich minutenlang in eine dicke Kladde, die scheinbar fast so alt ist wie er, während Hufschmidt sich hinter dicken Zigarillowolken verschanzt. So eingenebelt, fasst er meistens inhaltsschwere Entschlüsse. Wie von weit her erreicht den Professor die Frage: *„Ist das noch Deine Adressenschwarte von der Penne – die Du da wälzt?"* Ungläubig streicht Hufschmidt mit den Fingern über die Seiten – *„das ist doch fünfundvierzig Jahre her! Was willst Du jetzt damit?"*

„Fünfundvierzig Jahre" – Adrianus Klaver ist in die Zeit entrückt – in eine schöne Zeit, wenn man dem Lächeln in seinem Gesicht folgt. *„Das Buch hat mir schon manchesmal geholfen, etwas wieder ins Reine zu bringen."* Er blättert in dem Buch hin und her – als wenn er etwas Bestimmtes sucht.

„Hier – Ismail Dipcin – kannst Du Dich an den erinnern?"

Hufschmidt kann sehr wohl – Ismail Dipcin war ein Kind der ersten Gastarbeitergeneration – bedingt durch seines Vaters Arbeitsstelle im VW Werk - nach Ostfriesland gekommen. Fremde Kultur war damals plötzlich vor der eigenen Haustür greifbar. Heute weiß er, wie schwer es den Menschen von weither gefallen sein muß – oder passt nicht besser **gemacht** wurde? Es waren unter der heimischen Bevölkerung nicht allzu viele Hände gewesen, die sich den **Kümmeltürken** - noch **schlimmere** Bezeichnungen fielen oftmals – hilfreich entgegen streckten. Ismail hatte sich durchge-

bissen – es allen in seiner Umgebung gezeigt. Hufschmidt vergißt nie den Augenblick, als der **Türkenjunge** die ersten plattdeutschen Sätze sprach. Mit einem Mal war er akzeptiert – hatte seinen Schulkameraden eines voraus. Welcher Ostfriesenjunge in der Klasse konnte schon hochdeutsch, plattdeutsch **und** türkisch reden. *„Was wohl aus dem geworden ist?"* sinniert er mehr vor sich hin, als er das seinen Freund fragt.
„Das kann ich Dir sagen." Der Professor – selbst fast sein ganzes Leben lang Fremder in der Fremde - hat aufmerksam Hufschmidts Besinnen beobachtet. *„Der Türkenjunge von damals hilft jetzt jungen Menschen, die in der gleichen – oder oft noch schlimmeren – Situation sind, wie er damals. Dolmetscher und Lehrer ist er geworden – da oben an der Jade."* Wilt Hufschmidt meint, so einen kleinen Vorwurf an ihrer beider Adresse zu spüren, als Addi Klaver fortfährt: *„**Er ist Ostfriesland treu geblieben - der Ismail**. Er bringt jetzt halb und ganz Erwachsenen Schreiben und Lesen bei. Egal, ob sie Deutsche sind, oder ob sie woanders herkommen.. Da macht er keinen Unterschied."* Adrianus Klaver fällt es leicht, darüber zu reden – in Holland wird die Nationenvielfalt auch wohl anders gesehen.
„Den Ismail möchte ich wohl mal wiedersehen," – ein bißchen Wehmut schwingt in Hufschmidts Stimme mit.
„Das kannst Du haben", der Professor greift zum Telefon – wählt eine in seiner Kladde vermerkte Nummer. *„Daag Mike – ich bin es nochmal, Addi ... ja -*

... ist schon in Ordnung ... also morgen früh um sechs ... ja ... alles klar ... bis dann, munterholln." Damit legt er auf und spricht ohne Pause weiter in Hufschmidts Richtung: *„Dreieinhalb Stunden bleiben uns für eine Mütze voll Schlaf – dann sind wir um sechs am Jadebusen. Oder soll ich alleine fahren?"* fragt er in Hufschmidts verständnisloses Gesicht hinein. Der steht im Moment gefühlsmäßig im Riesengebirge und sieht nur böhmische Dörfer vor sich.

„Also – jetzt zum mitschreiben – Herr Ministerialrat."
Man sieht Addi Klaver seine heimliche Freude an. *„Ich habe vor zwei Stunden schon mal mit Ismail – Mike, wie ihn seine Freunde jetzt nennen – telefoniert. Er ist der, der uns"* – er sagt auch schon uns, als wenn es sein Fall ist – *„der uns in dieser verqueren Sache helfen kann – und Hilfe haben wir - weiß Gott - nötig!"* Wie gesagt – alles keine Fragen, sondern wohl eher konsequente Feststellungen. *„Und noch eines – wenn Du **mich** fragst,"* – im Grunde erwartet er gar nicht, daß sein Freund ihn fragt – *„hier wird erstmal alles dicht gemacht. Wenn zwei davon wissen, dann sind es vielleicht schon drei zuviel!"*
Hufschmidt kann dem eigentlich nur beipflichten.
Es stehen ihnen aber keine dreieinhalb Stunden mehr für die Augenpflege zur Verfügung, sondern bloß drei, als sie sich endlich die Decke über den Kopf ziehen.
Zwischen halb vier und viertel vor sechs sind genau dreihunderteinunddreißig Kilometer Straße hinter ihrem Wagen nach rückwärts verschwunden.

Adrianus Klaver hat einen Traum ausgelebt auf dieser Strecke. Hufschmidt kommt sich ob der vielen Freude, die sein neuer Dienstwagen bei allen auslöst, vor wie der Weihnachtsmann. Er hat schon mal verstohlen nach hinten gefasst, ob er nicht vielleicht einen Sack auf dem Rücken trägt.
Heijeijei – ist das ein Hallo, als die Jugendfreunde sich in die Arme fallen. Nicht ein Quentchen Vertrautheit ist in den langen Jahren bei ihnen verschütt gegangen.
Die beiden kopfverrückten Düsseldorfer wären liebend gern der gastlichen Aufforderung der Hausherrin gefolgt, noch ein paar Stunden zu bleiben. Leider brennt ihnen die Zeit unter den Nägeln.
Nach einem anständigen Pott Tee, und einem dicken Stück Rosinenstuten, sitzen in Hufschmidts Dienstwagen Angehörige dreier Kulturkreise, als das Auto um kurz vor sieben die Oldenburger Lambertikirche zum zweiten Mal an diesem Morgen an sich vorbei fliegen sieht.

Kurz nach der angebrochenen elften Morgenstunde hat sich im gemütlichen Wohnzimmer in der Villa am Wald ein Quartett um den großen Tisch versammelt.
Der deutschtürkische Ostfriese von der Jade ist Corinna auf das erste Sehen – und vor allem Pollo auf das erste Riechen – sympathisch. Es erweist sich ganz schnell, das Adrianus Klaver den richtigen Spürsinn hatte. Sie hätten wirklich keinen Anfang gefunden – ohne Mike.

Corinnas Facherfahrungen ergänzen auf ideale Weise das Wissen Mikes um die Querverbindungen in seiner Stammheimat. Nicht ganz vier Zeigerrunden auf der Wanduhr benötigen sie, bis der Fahrplan in Einzelheiten komplett ist.

Drei von ihnen werden mit dem Nachtflieger nach Ankara entschweben. Hufschmidt bleibt in Düsseldorf – sozusagen als Endpunkt der Leine, an der Corinna, Adrianus und Mike das vorderasiatische Dreieck abgrasen.

Wenn Hufschmidt mit Corinna in Richtung Bosporus unterwegs wäre – Karin Müllers seelische Libido würde wohl zerfetzt im Eifersuchtsstacheldraht hängen.

Diese Lösung benötigt keine risikobehafteten Erklärungen – Addi Klavers stärkstes Argument gegen Hufschmidts Reisebeteiligung. Kurz nach achtzehn Uhr befinden sich die Reisenden schon im abendlichen Himmel über der Republik – und Hufschmidt ist wieder Hundevater.

Aus Berlin kommen negative Nachrichten. Der glatzköpfige Volksvertreter aus dem Adlon – der Tischbeisitzer des rassigen Moskauer Tartarenpferdchens – ist von der Bildfläche verschwunden.

„Er hat Lunte gerochen, und sich verdünnisiert," – wie Seppelfricke es in einem Gespräch mit Hufschmidt über eine abhörsichere Leitung recht salopp formuliert. Die Verhaftung einiger bekannter Größen war kurzfristig geplant. Irgendwie muß er den Braten gerochen haben. Die Informationsfühler haben ihn in Minsk geortet.

Nach Weißrussland hat er sich abgesetzt. In die Obhut des dortigen Regimes.
In Berlin zurückgelassen hat er nur eine Anzahl Gläubiger in Kompaniestärke, deren Forderungen sich auf - grob geschätzt – zwanzig Millionen Mark belaufen. *"Das* **Hohe Haus** *hat damit ein ganz schön fleißiges Mitglied verloren,"* – wie Seppelfricke sarkastisch anfügt.
Hufschmidt erfährt von Alois noch unisono, das die Ermittlungen der Frankfurter Kripokollegen, in Sachen Flugzeugleiche, mit Sicherheit ausgehen werden wie weiland das Horneberger Schießen.
Grässliche Wut tropft aus Alois Seppelfrickes Stimme, als er Hufschmidt seinen Verdacht auf eine undichte Stelle im Dienst kund tut.
"Wenn ich den erwische, der dieses Leck verursacht hat – den zerlege ich persönlich in vier Teile!"
Hufschmidt kann durch den Draht hören, wie sein Freund kocht. Im Moment könnte der Bayer in Berlin sogar die Zugspitze in einen Vulkan verwandeln.
Hufschmidt hält es für nicht angebracht, in dieser angespannten Situation von seinem eigenmächtigen Handeln zu berichten. Das würde seinen Freund und Chef wohl noch mehr anheizen. Mit konkreten Ergebnissen des Nahostreisenden Trios untermauert, wird es ihm dann leichter fallen zu beichten – glaubt er.

Die folgenden Tage erscheinen dem Ministerialrat wie ein Glückslos in der Lotterie – er kann sich endlich richtig ausschlafen.
Und was für ihn noch wichtiger ist - seinen frisch aufgefüllten Zigarillovorrat braucht er nicht hinter Schloß und Riegel zu deponieren. Der neue Hausgenosse Isidor ist vorübergehend beim Bauernnachbarn Schüler untergekommen. *„Aber nur vorübergehend, und keine Sekunde länger"* – wie der alte Rudolf grummelnd hinzufügte, als er auf Bitten seiner Frau einwilligte, dem tabaksüchtigen Geißbock Asyl zu gewähren. Wie lange in seinen Augen vorübergehend ist, darüber hat Bauer Rudolf sich nicht ausgelassen.
Mit Pflegehund Pollo ist er unbehelligt an Christins Frikadellenschmiede vorbei gekommen, und seit einer Weile schnarchen sich die beiden gemeinsam durch die Nacht am Kleineforst.

Die nächsten Tage gehen mit Routinekram und warten auf Ergebnisse dahin. Die frischgebackenen Kommissare Müller und Meyer sind darüber nicht im Mindesten böse – eine leichte dienstliche Erholungspause ist den beiden hochwillkommen. Zumal man ja im aktuellen Fall sowieso nichts anderes tun kann als Warten. Das ihr Chef allerdings auf andere Ergebnisse wartet wie sie – davon haben sie nicht die geringste Ahnung.

Hufschmidt ergreift die Gelegenheit beim Schopf, gemeinsam mit Hilbers, Alois Seppelfrickes Geburts-

tagsüberraschung wieder los zu werden. Er möchte die Geduld seines Nachbarn auch nicht über strapazieren.
Die beiden Butenostfriesen machen den Schnapsvernichter und Pferdepfleger Siggi glücklich. Er bekommt seinen geliebten Isidor zurück – mit einer zweiten Kiste Friesengeist, als Gebühr für die freundliche Leihgabe. Dieser – ihm von Hufschmidt eingeredeten - Version des Tauschgeschäftes, stimmt die brandenburgische Saufnudel sofort und mit Begeisterung zu.
Die zweite Kiste Friesengeist geht auf das Konto des weniger begeisterten Hilbers. Quasi als Buße für seine Mitwirkung an dem gelungenen Streich.

Der dritte Tag nach der Jadetour hat es in sich. Ein, von der Belegschaft des Präsidiums, zerrissener und zerpflückter Interimspolizeipräsident sitzt – förmlich am Boden zerstört - vor ihm, als er des Mittags in die Präsidentensuite schaut. Breske hat seine schwarze Liste der Dienstvergehenskandidaten abarbeiten müssen. Eine Tätigkeit, bei der sich in keiner Ecke des Polizeiapparates Begeisterung breit machte.
„Ich komm' mir wie ein Vater vor, der seinen Kindern die Weihnachtsgeschenke wieder wegnehmen muß", – hat Hufschmidt bloß von ihm zu hören bekommen.
Am Nachmittag, beim Kaffee in der Kantine, teilen Karin Müller und Hieronymus Balthasar Meyer ihrem hochverehrten Chef schonend, aber glückstrahlend mit, daß Gott Amors Pfeil sie beide mit Macht getroffen

habe. *„Kinder – versucht es miteinander, "* – ist das einzige, was diesem spontan dazu einfällt.
Zu guterletzt überrennt ihn am Abend ganz überraschend die brandeilige Mitteilung, daß sein Auslandstrio ihn in fünf Stunden im Adlon in Berlin erwartet. Als Treffpunkt nennt Addi die Tiefgarage, Stellplatz neunundsiebzig – direkt neben dem Versorgungsaufzug. Corinna, Mike und der Professor sind von Istanbul – von wo sie sich zuletzt gemeldet hatten – direkt in die Bundeshauptstadt geflogen. Das Glückslos war wohl kein fetter Brocken. Ein gemischter Tag - sozusagen zwölf gepfefferte Stunden neigen sich ihrem Ende zu.

Der nächste Flug nach Berlin ist seiner. Vor dem Klinkerbau am Jürgensplatz vermittelt ein abgestellter Hufschmidtdienstwagen den Eindruck eines noch im Gebäude herum schwirrenden Ministerialrats, während der schon in Tempelhof aus dem Flieger klettert.
Ein schweigsamer Berliner Taxifahrer – eine Seltenheit unter dieser Spezies – kutschiert ihn zum Adlon, und da in die Tiefgarage. Genau zum bezeichneten Platz. Mike wartet schon, und verschwindet mit ihm im unterirdischen Büro des Maschinenmeisters, wo sie auf den Rest des Trios treffen. Nach der Begrüßung erklärt Corinna: „Mikes Verbindungen haben uns geholfen, den Drahtzieher zu entlarven. Er befindet sich hier im Hotel." Die Mienen der Drei spiegeln seltsamerweise keine Freude über den Erfolg wieder. „Derjenige weiß

schon von seinem Glück, befindet sich aber momentan noch allein in seinem Appartement auf der dritten Etage."
Hufschmidts fragenwollen wehrt sie ab, indem sie fortfährt: „Die Person kann das Hotel nicht verlassen – es sind überall Beamte postiert." Corinna wendet sich halb ab, als sie weiter spricht: „Offiziell ist noch keine Festnahme erfolgt – Schneewittchen möchte, daß Du die Verhaftung vornimmst." Dickes Schweigen hängt zwischen den Vieren, bis der Professor mit belegter Stimme sagt: „Wir müssen nach oben – da wartet man auf uns!"
Der Versorgungsaufzug befördert das vierblättrige Kleeblatt in die dritte Etage.
Vor der Tür, an der in goldenen Ziffern 320 steht, hat sich ein Halbkreis von uniformierten Kollegen gebildet, der sich Hufschmidt zu einem Durchgang zur Tür hin öffnet. Ein ungutes Gefühl ist plötzlich in seinem Bauch – er zögert einen Atemzug lang, bevor er mit den Knöcheln seiner linken Faust energisch gegen das edle Holz pocht. Es vergeht eine Weile, angefüllt mit atemloser Stille, bis diese sich auf sein Klopfen langsam öffnet.
Als die stählerne Acht die sich ihm entgegenstreckenden Handgelenke umschließt, bekommt Hufschmidt nur zwei Worte heraus ... :
„Alois ... Du ... ???

Ende